블랙
피싱

블랙 피싱

초판 1쇄 발행 | 2025년 11월 10일

지은이 | 조진연
펴낸이 | 박영욱
펴낸곳 | 북오션

주　소 | 서울시 마포구 월드컵로 14길 62 북오션빌딩
이메일 | bookocean@naver.com
네이버블로그 | blog.naver.com/bookocean_rabbit
페이스북 | facebook.com/bookocean.book
인스타그램1 | instagram.com/bookocean777
인스타그램2 | instagram.com/supr_lady_2008
X | x.com/b00k_0cean
틱톡 | www.tiktok.com/@book_ocean17
유튜브 | 쏠쏠TV · 쏠쏠라이프TV
전　화 | 편집문의: 02-325-9172　영업문의: 02-322-6709
팩　스 | 02-3143-3964

출판신고번호 | 제 2007-000197호

ISBN 978-89-6799-908-7(03810)

*이 책은 (주)북오션이 저작권자와의 계약에 따라 발행한 것이므로 내용의 일부 또는 전부를
　이용하려면 반드시 북오션의 서면 동의를 받아야 합니다.
*책값은 뒤표지에 있습니다.
*잘못 만들어진 책은 구입하신 서점에서 교환해 드립니다.

프롤로그		006
1장	(주)정수식품	009
2장	사기 매뉴얼	020
3장	선물	038
4장	하나리서치	049
5장	상담원들	065
6장	테스트	080
7장	새 매뉴얼	092
8장	호구들	117
9장	민 사장 아들	139
10장	호구폰	162
11장	텃밭	177
12장	매뉴얼 수정	197
에필로그		233

프롤로그

　대한민국은 사기공화국이다! 땅은 좁고 사기꾼은 많다. 지금 이 순간에도 호구는 사기를 당하는 줄도 모르고 사기를 당하고 있다. 왜 호구는 사기를 당할까? 지적 능력이 떨어져서? 금치산자라서? 정답은 운이 없어서.

　그날 하필 호구는 보이스피싱 전화를 받았고, 금융감독원(금감원) 직원이 나타나 "당신은 보이스피싱을 당하고 있다. 당신의 돈을 지켜주겠다."라며 구원의 손길을 내밀면 덥석 잡게 된다. 가까운 은행 ATM에서 현금을 인출한 호구는 가짜 금감원 신분증과 금감원 위조문서에 속아 현금을 넘긴다.

　또 다른 호구는 검찰에서 온 전화를 받고 지시에 따라 움직인다. 휴대폰 너머 검사를 진짜 검사로 믿은 호구는 지하철역 출구에서 대기하고 있는 가짜 검사에게 현금을 넘긴다.

이런 수법은 주로 20대 초중반 청년들에게 사용한다. 사회 경험이 짧으니 현실에서 금감원 직원과 검사를 만나본 적이 있겠는가, 보이스피싱을 당한 청년들이 바보처럼 보이겠지만 그저 운이 나빠서다. 그저 당신은 운이 좋아서 보이스피싱 전화를 받지 않았을 뿐이다. 우리가 호구를 속이기 위해 얼마나 진짜 같은 가짜를 만들려고 노력하는지 당신은 모른다.

예를 들어 진짜 검찰 홈페이지를 완벽하게 베낀 가짜 검찰 홈페이지부터, 어려운 법률용어를 완벽하게 구사하는 가짜 검사까지. 작가, 감독, 배우, 스태프들이 재능을 합쳐 영화를 완성하듯 우리도 사기를 완성한다.

첫 낚시질, 호구를 속이기 위해선 기본적인 정보가 필요하다. 미리 확보한 개인정보와 계좌번호를 호구에게 알려주고 "당신의 은행 계좌가 범죄에 사용되고 있다. 사건이 커지기 전에 막아야 한다. 협조해라." 긴급 상황이란 걸 느끼게 한 후 통화를 계속하게 만들면 95%는 성공한 셈이다.

나머지 5%는 통화 중간에 호구의 휴대폰 배터리가 없어서 연결이 끊기거나 눈치 빠른 은행 직원이 ATM에서 돈을 인출하는 초조한 호구의 얼굴을 봤거나 호구가 길치라 엉뚱한 곳에서 헤매고 있거나 등등 항상 예상하지 못한 변수가 발생한다.

어쨌든 1년 365일, 사기꾼은 부지런히 호구에게 사기를 친다.

호구의 돈으로 명품과 외제차를 구입하고, 그렇게 사기 친 돈은 돌고 돌아 대한민국 경제 활성화에 이바지한다.

이젠 1980, 90년대 사장님과 사모님을 벗겨 먹던 꽃뱀과 제비의 노력도, 마을 사람들의 돈을 챙겨 야반도주할 수고도 필요 없다. 대동강 물을 팔았던 봉이 김선달과 많은 사람을 벗겨 먹는 다단계 JU그룹 주수도처럼 스케일을 키우지 않아도 된다.

대한민국 휴대폰 가입자 수 5천만 시대! 손바닥만 한 휴대폰만 노리면 된다. 호구의 휴대폰을!! 호구와 전화 연결이 되면 사기는 시작된다.

"김승연 고객님, 은행 대출 심사에서 떨어지셨죠?"

"금감원에서 연락드렸습니다. 이민영 씨가 보이스피싱 수거책 사건과 연루되어…."

"불법도박사이트 자금 세탁으로 최성호 씨 명의의 통장이 사용…."

200만 원, 500만 원, 1천만 원… 호구의 돈을 **빼앗는다**. 사기꾼에게 호구의 휴대폰은 '스마트폰'이 아니라 끝없이 돈이 나오는 '캐시카우' '현찰 화수분' '돈주머니'다.

"먼저 사기 치는 놈이 임자. 오늘도 잘 먹겠습니다. 감사히 먹겠습니다!"

1장
(주)정수식품

보이스피싱은 저비용 고효율 사업이다. 치킨 프랜차이즈 평균 창업비용이 약 6천만 원. 이보다 적은 비용으로 창업할 수 있는 게 보이스피싱이다. 만약 당신에게 사무실을 임대할 돈이 없다면 싸구려 모텔에 투숙하면 된다. 수십 대의 대포폰, 발신 전화번호를 '010' 번호로 둔갑시키는 변작 중계기만 있으면 보이스피싱 준비 끝이다. 그러나 장기 투숙과 남의 일에 관심이 많은 모텔 사장은 조심해야 한다.

"모텔방에 휴대폰이 많이 설치돼 있어요."

꼭 이렇게 경찰에 신고하는 모텔 사장이 있다. 그래서 모텔을 이용하는 보이스피싱 조직은 주기적으로 장소를 옮겨야 하는 번거로

움이 발생한다.

 돈이 있는 보이스피싱 조직은 법인을 만든다. 페이퍼컴퍼니가 아니라 진짜 사업을 하는 것처럼 작업장까지 오픈한다.
 이선경이 근무하는 정수식품이 그런 식이었다. 정수식품은 외국 과자를 수입하는 업체로 등록되어 있었지만 중국에 본사를 둔 보이스피싱 한국 지사였다. 직접 호구를 만날 필요가 없는 비즈니스라 고급스러운 여의도, 강남 빌딩에 사무실을 임대하지 않았다.
 인적이 드문 종로 뒷골목 낡은 상가건물을 선택했다. 스무 평 크기의 사무실. 출입문에 '(주)정수식품' 글자가 붙어 있어 이곳이 회사구나 정도만 알 수 있었다. 1970년대에 완공된 건물이라 여름엔 더 덥고 겨울엔 더 추운 곳이었다. 건물 자체가 빈티지라 인테리어를 따로 할 필요도 없었다. 사무실은 바닥, 벽, 천장까지 콘크리트 고유의 색과 질감을 그대로 살렸다. 한마디로 돈을 쓰지 않은 노출 콘크리트 인테리어였다. 제대로 일하기 위한 최신식 설비엔 돈을 아끼지 않았다. 그 덕분에 전화 통화, 인터넷 사용을 쉽고 빠르게 할 수 있었다.
 정수식품 사무실 안 칸막이 부스마다 헤드셋을 낀 직원들이 앉아 있다. 그들을 '상담원'이라 불렀다. 식당 테이블마다 번호가 있듯 정수식품 각 부스마다 위쪽에 1, 2, 3, 4 번호가 붙어 있다. 그래서 누군가 정수식품을 찾아왔다면 과자 수입 업체가 아니라 콜센터라고 생각했을 것이다.

오전 8시 48분, 부스에 앉은 상담원들은 팔 스트레칭을 하거나 꾸벅꾸벅 졸거나 테이블 위에 놓여 있는 외국 과자를 먹는 중이다. 아직 보이스피싱 업무 시간 전이다. 은행 영업이 시작되는 오전 9시가 돼야 보이스피싱 업무가 시작됐다. 그래서 상담원들은 혼자만의 시간을 보내고 있다.

이선경은 정수식품 사무실에서 근무하지 않았다. 육지에서 멀리 떨어진 외딴 섬처럼, 정수식품 인근 오피스텔 원룸에서 혼자 근무했다. 회사로 출근하지 않는 재택 근무자였다. 그녀가 사는 곳을 아는 상담원도, 심지어 얼굴을 본 상담원도 없었다.

8시 50분, 이선경은 세 개의 모니터와 전화기가 놓인 책상 앞에 앉았다. 그곳에 앉으면 현관문이 보인다. 등 뒤에 통유리 창이 있어 아침부터 햇빛이 쏟아졌다. 지금은 블라인드가 반쯤 내려와 햇빛의 방해를 받지 않고 큰 불편 없이 모니터들을 볼 수 있다.

원룸 내부는 그림 한 점만 걸린 갤러리 같다. 이선경은 물건에 애착이 없는 듯하다. 생활에 필요한 물건 외엔 자신을 드러낼 수 있는 것은 원룸 안에 두지 않았다.

8시 55분, 이선경은 모닝커피를 마시며 첫 번째 모니터를 바라봤다. 카페인이 몸속에 퍼지자 기분이 좋아졌다. 첫 번째 모니터, 정수식품 사무실 내부를 감시하고 있는 CCTV 화면이 나왔다. 두 번째 모니터, 화면에 내비게이션처럼 지도가 떠 있다. 지도 위에 떠 있는 빨간색 동그라미가 도로를 따라 어디론가 이동 중이다. 세 번째 모니터, 한글 문서창이 떠 있다. 드라마 대본처럼 대사가 쭈욱 쓰여 있다.

이선경은 눈으로 가볍게 한글 문서창을 훑었다. 문서 내용이 만족스러워 입가에 살며시 미소가 번졌다. 영화를 촬영하려면 시나리오가 필요하고, 드라마를 촬영하려면 대본이 필요하고, 사기를 치려면 사기 매뉴얼이 필요했다. 그녀는 호구의 돈을 빼내는 방법을 연구 및 개발하여 매뉴얼로 만드는 기술자다.

8시 58분, 정수식품 상담원들 앞에 놓인 태블릿 바탕화면에 은행 대출, 금융감독원, 형사 합의금, 대기업 신입사원, 사립고 정년 퇴직자 등 다양한 폴더가 있다.

모두 매뉴얼 기술자 이선경이 만든 폴더였다. 그녀는 호구를 유형별로 나누어 폴더를 만들고 그 안에 사기 매뉴얼 파일들을 넣었다. 그런 후 그것들을 상담원들에게 제공했다.

세 번째 모니터에 떠 있는 한글 문서를 눈으로 읽던 이선경은 자신만만했다. 완벽한 매뉴얼이야, 방금 호구의 돈이 통장에 입금된 듯 행복했다. 간단한 조리법을 보고 라면을 끓이듯 잘 만든 사기 매뉴얼만 있으면 누구나 사기를 칠 수 있어. 특히 내 매뉴얼은 아카데미 각본상 급이야, 라며 자신만만했다.

9시 00분, 세 번째 모니터에 한글 문서창이 아닌 '서민사업자금대출' 인터넷 뉴스창이 떠 있다. 이선경은 책상 위에 놓인 전화기에 손을 뻗었다.

내선번호 1을 눌러 전화를 연결하고, 삐– 대기음이 끊기고 통화가 연결되자 스피커를 향해 말했다.

"1번, 오늘 영업은 은행 대출로 시작."

콜을 받은 1번 상담원이 "은행 대출!"이라고 외쳤다. 그러자 다른 부스에 고장 난 장난감처럼 앉아 있던 상담원들이 똑바른 자세로 앉아 일을 하기 시작했다. 상담원들의 손가락이 빠르게 태블릿 화면 은행 대출 폴더를 터치했다. 은행 대출 폴더가 열리고, 곧이어 맨 위쪽에 있는 ○○은행 폴더를 터치했다. 그리고 폴더 중간쯤에 있는 '○○은행 고객 리스트' 문서를 터치했다.

1번 상담원 손가락이 ○○은행 고객 리스트를 쭈욱 훑다가 어떤 이름에서 멈칫했다. '신영철' 이름을 터치하자 신상정보가 나왔다.

[○○○○○○-○○○○○○○ 자영업자 주택담보 5천만 원 대출 신청…] 1번 상담원은 핵심 정보들을 빠르게 눈으로 읽었다.

평소처럼 9시 정각, 이선경의 지시로 상담원들의 업무가 시작됐다. 가장 먼저 지시를 받은 1번 상담원은 헤드셋을 통해 "은행 대출." 지시 내용을 공유했다. 그다음 은행 대출 폴더를 열고 호구 리스트를 확인했다. 자영업자, 주택담보로 대출 신청을 한 신영철을 호구로 선택했다. 담보가 있는 자영업자, 돈 나올 구멍이 있는 호구에게 전화를 걸면 본격적인 낚시가 시작된다.

지금은 능숙하게 매뉴얼을 만들고, 상담원들에게 지시를 내리고 있지만, 이선경이 처음부터 매뉴얼 기술자로 일한 것은 아니었다. 정수식품의 전신 '미소크린'에 입사한 그녀의 첫 업무는 상담원이었다.

업무 시작 전 이선경은 미소크린의 책임자였던 박 이사를 찾아가 공손히 고개를 숙였다.

"신입입니다."

박 이사가 자리에서 일어나 한쪽 눈썹을 치켜 올렸다. 보기만 해도 숨을 턱턱 막히게 하는 큰 체구였다. 그가 큰 엉덩이를 책상 위에 걸치며 말했다.

"신입, 콜부스에만 앉아 있기 아까운 얼굴이야. 밤일 소개시켜 줘? 룸빵에 가만히 앉아 있음 되는데. 심심하면 손님들 술도 따라 주고…."

그 말에 이선경은 저도 모르게 쓴웃음을 지었다. 박 이사가 이선경의 목덜미를 쓰다듬으며 느끼한 미소를 지었다. 이선경은 땀이 배어 있는 끈적한 손이 목에 닿아 기분이 좋지 않았다.

"손. 떼."

그녀가 차가운 말투로 말했다. 그 차가운 모습이 오히려 위압감을 줬는지 박 이사는 슬며시 손을 내렸다. 그러고는 아무 일 없었다는 듯 과장되게 주변을 둘러보며 말했다.

"신입, 3번 콜부스에 앉아. 상담원은 회사에서 제공한 매뉴얼대로만 호구를 상대하면 돼. 어때, 쉽지?"

"이사님이랑 이야기하는 것보단 쉬울 것 같네요."

이선경은 차가운 말을 던지고 휙 돌아섰다. 그녀와의 대화가 썩 유쾌하지 않았는지 박 이사의 미간엔 주름이 잡혀 있었다.

3번 콜부스에 앉아 헤드셋을 낀 이선경은 상담원이 됐다. 매뉴얼대로 호구를 상대했다. 통화를 할수록 이선경의 목소리는 부드러워졌고 불안해하는 호구들에게 속삭이는 목소리로 말했다. 아이를 어르듯 호구의 귀를 녹였고, 실의에 빠진 호구에게 손을 내미는 구원자였다. 그럴수록 이선경은 기운이 넘쳤다.

튀김기 속에 닭을 넣던 치킨집 젊은 사장은 이선경을 진짜 은행 직원으로 생각했다. 왼손에 쥔 휴대폰에 집중하느라 튀김기 속 닭이 갈색으로 변해가는 걸 보지 못했다. 휴대폰 너머 이선경이 "고객님께서는 청년 창업 지원 대출이 가능합니다."라고 말하자 젊은 사장의 표정이 밝아졌다. 대출이 가능하다는 말이 가슴속에 희망을 만들어줬다. 그는 휴대폰을 얼굴 앞으로 들더니 "감사합니다. 감사합니다." 허리까지 숙이며 인사를 했다. 가슴속 희망이 사기의 미끼인지 모르고 감사의 인사를 한 것이었다.

상담원 이선경은 쉴 새 없이 미끼를 던졌고 호구들은 끊임없이 낚였다.

"은행 예금이 100만 원 이상이어야 대출 심사를 받으실 수 있습니다. 은행 계좌로 100만 원 입금하시면 곧바로 대출 심사 요청이 들어갑니다."

그녀의 지시대로 젊은 사장은 은행 영업점으로 달려갔다. 그는 계속 휴대폰으로 통화를 하면서 ATM 스크린을 터치했다. 의심 없이 그의 손가락은 무통장 입금을 터치했다. 560-○○○○… 계좌번호를 터치하고, ATM 지폐투입구에 현금 100만 원을 넣자 곧

ATM 스크린에 입금 완료를 알리는 글자가 떴다. 작업 끝.

계좌에 돈이 입금되면 지하철역 ATM 부스에서 대기하고 있던 인출책이 움직였다. 알림 문자를 받자마자 ATM에서 현금 100만 원을 인출해 돈가방 안에 넣었다. 호구의 돈을 건져 올린 인출책은 미소크린까지 신속 정확하게 배달했다. 그렇게 미소크린의 입속으로 들어간 돈은 미소크린이 잘 먹고 잘사는 해피엔딩으로 예쁘게 마무리됐다.

미소크린 화이트보드에는 상담원들의 영업 실적 그래프가 그려져 있었다. 가장 늦게 입사한 이선경의 그래프가 상담원들 중 압도적으로 높았다.

'1위!!!'

뛰어난 실적을 올리자 박 이사는 이선경에게 추근대지 않았다. 큰돈을 벌어주는 그녀를 보기만 해도 기분이 좋은지 히죽히죽 웃을 뿐이었다. 그녀는 1위에 만족하지 않았다. 출근하자마자 자기 책상에서 턱을 괴고 있는 박 이사 앞에 섰다.

"상담원 그만할게요."

"퇴직금은 없어. 알지?"

"앞으로 매뉴얼 만들게요. 인센티브 5프로."

박 이사는 눈앞에 있는 이선경에게 노골적으로 귀찮다는 표정을 지었다.

"5프로? 그냥 콜이나 해. 욕심 부리지 말고."

이선경은 손에 쥐고 있던 USB를 책상 위에 올려놓았다. 박 이사는 이게 뭔지 물어보듯 이선경을 바라봤다. 그녀는 의식적으로 감정을 누르고 부드럽게 말했다.

"내가 만든 매뉴얼이에요. 호구는 대기업 신입사원 부모."

"왜 부모야?"

"디테일하게 브리핑하면 호구는 지방에 살면서 자식을 서울로 보낸 부모, 자식은 대기업 신입사원 연수에 참여, 자식이 연수 기간 중 불미스러운 일을 저질렀다, 전도유망한 신입사원이 어렵게 입사한 대기업에서 쫓겨나지 않게 막아주겠다, 당장 합의금이 필요하다. 다음 주 S그룹이 신입사원 연수예요. 어때요?"

이선경은 자신감을 뚜렷하게 새긴 얼굴로 박 이사를 쳐다봤다. 잠시 망설이던 박 이사가 턱을 괸 손을 풀고 고개를 끄덕거렸다.

"콜."

그러고는 검지 손가락 끝으로 USB를 두드리며 말했다.

"이번 건 인센티브 없어. 테스트야."

이선경이 던진 미끼를 박 이사가 물었다. 중국 본사의 눈을 피해 딴 주머니를 차고 싶었던 박 이사는 이선경의 매뉴얼을 보자 찌릿한 전율을 느꼈다. 그때 이선경과 시선이 마주쳤다. 자신이 무슨 생각을 하는지 다 알고 있다는 듯한 눈길이었다.

"딱 일주일만 테스트해요. 내가 상담원까지 할게요."

각본, 연기, 연출까지 1인 3역을 하는 영화감독처럼 이선경이 직접 신입사원 매뉴얼을 테스트했다. 첫 번째 매뉴얼로 일주일 만에

1억 원이 넘는 실적을 올리자 곧바로 박 이사는 두 번째 매뉴얼을 의뢰했다.

그 이후로 이선경은 상담원을 그만두고 피싱 매뉴얼 기획 개발에 집중했다. 그렇게 7년 동안 사기 매뉴얼을 만들었고, 3년 전부터는 정수식품 업무까지 관리했다.

오늘도 평소처럼 은행 영업시간이 끝나자, 인출책이 찾아온 현금을 모아 1일 매출 정산부터 본사 송금까지 끝냈다.

오후 9시 00분, 일일 업무는 다 마무리했지만 이선경은 원룸 책상 앞에 앉아 있다. 그녀의 시선은 책상 위에 놓인 맥주잔을 향해 있었다. 맥주잔을 입에 갖다 대 한 모금 마셨다. 피곤에 지친 몸에 차가운 맥주가 스며들었다. 그러자 피로가 살짝 풀린 기분이었다. 책상 위에 맥주잔을 내려놓았다. 아무 생각 없이 물방울이 맺힌 맥주잔을 손가락 끝으로 만지고 있을 때, 짤막한 메시지 진동음이 들렸다. 그녀는 책상 끝에 놓아둔 스마트폰 쪽으로 손을 뻗었다. 스마트폰으로 뭔가를 확인하자 그녀의 볼이 파르르 떨렸다.

[입금 500,000원.]

'오늘 정수식품 매출이 8,700만 원인데 인센티브로 고작 50만 원을 입금해? 총 금액의 5프로도 아니고?'

어떤 계산으로 나온 금액인지 모르겠지만 한 가지는 확실했다.

여전히 날 졸로 보고 있다!

날 호구로 보고 있다!

날 병신으로 보고 있다!

　화가 난 이선경은 손에 쥔 스마트폰을 맥주잔에 넣어버렸다. 화들짝 놀란 맥주는 위로 튀어올랐고 스마트폰은 맥주잔 속으로 쓸쓸히 가라앉았다.

　현실은 매뉴얼대로 예쁘게 흘러가지 않았다. 이선경은 불만이 쌓여갔지만 이빨을 드러내지 않고 있었다.

　"아직은 아니야, 아직은 아니야…."

　녹음기처럼 이 말만 되풀이했다.

2장
사기 매뉴얼

    1번 상담원은 소리 나지 않게 진한 커피를 한 모금 마셨다. 아- 에- 이- 오- 우- 입모양을 만들며 가볍게 입을 풀면서 호구의 대답을 기다렸다. 호구는 마음을 정하지 못하고 있었다. 이럴 때 더 치고 들어가야 한다고 배웠는데, 1번 상담원은 지금 치고 들어갈까 말까 고민했다. 그때 헤드셋을 통해 호구의 목소리가 들려왔다.

    "다, 다시 설명해주세요."

    다시 설명해달라는 요청은 실적을 올릴 수 있는 확률이 상승했다는 신호였다. 1번 상담원은 태블릿 화면으로 시선을 옮겼다. 매뉴얼 원고가 눈에 들어왔다. 그녀는 매뉴얼 원고를 대본 리딩을 하는 배우처럼 진지하게 읽어나갔다.

"고객님이 알아보신 대출 상품보다 새희망 대출은 이자가 0.5프로 낮아요."

"제 신용등급이 8등급이거든요. 가능해요?"

호구가 질문했다.

"8등급이요?"

1번 상담원은 재빨리 모니터로 시선을 돌려 호구의 신용등급과 관련된 데이터를 체크했다. 역시나 신용점수가 좋지 않았다. 이럴 땐 어떻게 해야 하지? 콜 교육 내용이 떠오르지 않았다. 등급이 낮으니까 걱정해줄까?

"신, 신용점수가 낮은 주의등급이시네요. 은행 이용하실 때마다 많이 힘드셨죠?"

그때 헤드셋으로 이선경의 목소리가 끼어들었다.

"1번, 동정질 그만하고 상품 소개나 해."

1번 상담원은 이선경의 지시에 흠칫 놀랐다. 그녀의 일방적인 지시를 들을 때마다 뾰족한 바늘에 찔리는 듯했다. 아직 얼굴을 본 적은 없지만 차가운 목소리로 말하는 여자라 표독스럽게 생겼겠지, 라고 상상했다.

1번 상담원은 두 눈을 크게 뜨고 매뉴얼 원고를 읽었다.

"새희망 대출은 이름이 새희망이잖아요. 새희망을 드릴 수 있게 신용등급이 나쁜 고객님도 대출 심사 없이 최소 2천만 원, 최대 5천만 원까지 대출을 받을 수 있습니다. 그러니까 제1금융권 직원들도 이용하죠. 저도 지난달에 새희망 대출로 갈아탔어요."

"다음 주부터 시작하는 대출이라고 말씀하시지 않았나요? 그런데 어떻게 갈아타셨어요?"

호구가 중얼거리듯 말했지만 정확한 지적을 했다. 그 말에 당황한 1번 상담원은 시선을 한곳에 두지 못하고 불안하게 움직였다.

"그, 그러게요. 저는 어떻게 대출을 받았을까요?"

"씨발X이 어디서 사기야?! 아가리를 확 그냥!!"

순한 양 같았던 호구의 말투가 거칠어졌다. 1번 상담원의 실수에 사기임을 눈치챈 것이었다. 호구가 욕을 쏟아내자 1번 상담원은 재빨리 통화를 종료했다. 더 이상 헤드셋으로 호구의 욕은 들리지 않았지만 이선경이 내뱉은 깊은 한숨은 선명하게 들렸다. 그 한숨 소리에 눌려 1번 상담원은 변명도 하지 못하고 잠자코 모니터만 바라봤다.

'1번 상담원 아가리를 확 찢고 대가리까지 부셔버리고 싶다!'

화가 난 이선경의 볼이 파르르 떨렸다. 실력 없는 상담원을 데리고 보이스피싱을 하는 건 세상에서 가장 못사는 국가 부룬디의 국가대표 감독으로 월드컵 우승을 시키는 것만큼 어려웠다.

원룸 책상 앞에 앉은 이선경은 첫 번째 모니터로 1번 부스를 확인했다. 곧바로 전화기 내선번호 1번을 눌렀다.

"1번, 애드립 금지. 애드립을 하니까 말이 꼬이잖아. 말이 꼬이니까 신뢰성이 떨어지고, 호구가 이상하니까 눈치챈 거야. 나쁜 머리로 애드립하지 말고 매뉴얼대로만 해."

그녀는 언짢아진 기분을 깨끗이 지운 듯한 목소리로 부드럽게 말했다. 어떻게든 상담원의 실력을 키워 보이스피싱 실적을 올려야 하는 게 자신의 일이라고 생각했다.

하지만 그 생각은 오래가지 못했다. 첫 번째 모니터로 2번 상담원을 확인하자 저절로 얼굴이 찡그려졌다. 2번 상담원은 등받이를 뒤로 젖혀 거의 누운 자세로 태블릿 화면을 보며 통화를 했다. 이건 회사에서 근무하는 게 아니라 PC방에서 온라인 도박을 하는 듯했다. 자세도 문제였지만 통화 내용은 끔찍했다.

"서울중앙지검 첨단범죄쑤사과에서 근무하는 박성호 쑤사관입니다. 첨. 단. 범. 죄. 쑤사과요. 박. 성. 호 쑤사관. 서울중앙지검이 뭐 하는 곳인지 아씨죠? 첨단범죄쑤사과에서 쑤백억대 싸기단의 싸무실을 압쑤쑤색했씁니다. 그 장쏘에서 이영썬 양 명의의 대포통장이 발견됐씁니다. 은행 계좌 있으씨죠? 계좌번호가 ○○○○○○-○○-○○○○○○ 맞으씨죠?"

"네에. 맞는데요…. 저는… 어떻게 되는 거예요?"

호구는 앳된 목소리로 대답했다. 호구가 어린 여성이라고 생각했는지 2번 상담원이 묘한 미소를 지으며 말했다.

"이영썬 양의 명의가 도용되었다는 것을 증명하지 않으면 싸기단의 공범으로 조싸를 받게 됩니다. 지금 즉씨 계좌의 예금을 안전계좌로 이체해두지 않으면 모든 예금이 빠져나갈 쑤 있습니다."

첫 번째 모니터를 바라보던 이선경은 2번 상담원에게 스마트폰을 던져버리고 싶은 기분을 억눌렀다. 곧바로 전화기 내선번호 2

번을 눌렀다. 그녀는 크게 한숨 짓고 괴로운 듯 얼굴을 찡그린 채 입을 열었다.

"2번, 동네 양아치야? 2번 역할은 서울중앙지검 수사관이라고. 제발 생각을 하면서 연기를 해. 캐릭터에 맞게 목소리 톤을 낮추고 매뉴얼을 천천히 읽어. 그리고 쑤사가 아니고 수. 사. 싸기단이 아니고 사. 기. 단. 시옷 발음에 신경 써."

이선경은 대답을 기다리지 않고 전화를 끊었다. 3번 상담원의 통화 내용이 그녀를 불안하게 만들었기 때문이다. 호구가 가짜 은행 사이트에 접속하도록 안내하면 되는데, 매뉴얼대로 진행되지 않고 있었다.

"팝업창이 안 떠요?! 어떻게 해요?!"

재촉하는 호구의 목소리에 3번 상담원의 눈이 둥그레졌다. 걱정과 놀람이 섞인 기색이 얼굴에 떠올랐다

"네에? 팝업창이 안 뜬다고요? 은행 사이트 접속하면 팝업창이라는 게 뜨거든요."

"안 떠요."

"떠야 하는데? 떠야 그다음을 설명할 수 있거든요. 잠깐만 기다려주시겠어요?"

이선경이 끼어들었다.

"3번, 전화 끊어! 전화 끊으라고!!"

그녀는 밀려오는 짜증을 참지 못하고 버럭 소리를 질러버렸다. 그러고는 첫 번째 모니터에 오른손을 뻗었다. 첫 번째 모니터 속 3

번 상담원을 손가락 끝으로 두드리며 흥분을 가라앉혔다. 화를 씹어 삼키며 입을 열었다.

"3번. 호구 폰으로 가짜 은행 사이트 주소를 보낸다. 호구가 가짜 은행 사이트에 접속하게 만든다. 은행 사이트에 접속하고 첫 번째 팝업창에 보안카드번호를 전부 입력하라고 유도한다. 얼마나 쉬워? 그런데 왜 이걸 못 해? 그리고 가짜 은행 사이트 주소를 보내야지!"

말할수록 삼켰던 화가 다시 올라왔다. 왜 매뉴얼대로 못 하지? 사전 교육에 매뉴얼까지 제공했는데 왜 일을 엉망으로 할까?

"왜 진짜 은행 사이트 주소를 보내?! 노안이야? 치매야? 머리를 확 열어보고 싶네. 뭐가 들었는지 보게."

이선경은 첫 번째 모니터 속 3번 상담원을 노려보며 으르렁거리듯 말했다. 그 기세에 눌린 3번 상담원은 대답도 하지 않고 창백한 얼굴로 고개를 숙인 채 입술을 깨물었다.

이선경은 벌떡 자리에서 일어났다. 부엌으로 가 신경질적으로 냉장고 문을 열었다. 맥주를 꺼내 꿀꺽꿀꺽 들이키고, 손에 든 캔을 식탁 위에 탁 놨다. 그 손놀림이 평소보다 난폭했다.

정수식품을 담당하면서 짜증이 늘었다. 상담원 교육은 늘 완벽했다. 그러나 실전에서 제대로 매뉴얼을 소화하는 상담원은 시간이 흐를수록 점점 줄어들었다. 최근에 입사한 상담원들이 가장 최악이었다. 발연기를 하는 배우처럼 실수의 연속이었다.

이선경은 상담원들의 통화 내용을 들을 때마다 가슴속 한 부분에서 불쾌한 열을 내뿜었다. 짜증이 얼굴에 드러나지 않도록 참았지만 최근엔 마인드 컨트롤이 잘 되지 않았다.

이런 상황을 만든 남자의 얼굴이 떠올랐다. 볼 때마다 얼굴에 침을 뱉고 싶게 만드는 남자. 스마트폰을 손에 쥔 이선경은 침뱉남에게 영상 통화를 했다. 영상 통화가 연결되자, 스마트폰 화면이 박 이사의 얼굴로 가득 찼다. 이선경은 인사는 생략하고 벌레 씹은 얼굴로 빈정거리듯 말했다.

"박 이사님, 지금 김포공항이죠? 다시 중국으로 돌아가세요."

김포공항 국제선 게이트를 빠져나온 박 이사는 미간에 주름을 잔뜩 만들었다.

"뭔 소리야?"

그는 왼손으로 영상 통화를 하면서 오른손으로 공항 카트를 미는 일이 귀찮았다. 하지만 이선경의 전화라 무시하고 끊을 수 없다. 원래 싸가지가 없었지만 실적이 좋다고 예뻐해주니 겁까지 상실했다. 이렇게 자신이 눈을 부릅뜨고 노려보면 다른 놈들은 맥을 못 추고 쩔쩔 매는데, 이선경은 전혀 주눅 들지 않았다.

"오늘 정수식품 콜센터에 불 지르려고요. 활활~."

이선경은 불만이 있을 때마다 비웃음과 짜증을 뒤섞어 말했다. 그 말투에 부아가 치밀었지만 박 이사는 감정을 억누르며 말했다.

"뭐가 또 문제야?"

"매뉴얼도 숙지시키지 않은 애들을 콜부스에 앉히고. 돈 벌 생각이 있는 거예요?!"

이선경의 따끔따끔 찌르는 말투에 박 이사는 떨떠름한 표정으로 대답했다.

"있으니까 앉혔지."

"방송국에 보내는 유료 문자 100원에도 신경 쓰는 게 사람 심리예요. 콜이 엉망인데 호구가 털리겠어요? 지금 애들 실력으로는 100원도 못 털어요."

그 말이 뾰족한 가시처럼 박 이사의 가슴을 쿡쿡 찔렀다. 거기에 누군가를 가르치려 하는 듯한 말투가 싫었다. 책상 앞에만 앉아 일하는 주제에 어디서 감히.

"빠릿빠릿한 애들 구하기가 어디 쉬운 줄 알아?! 이 판도 인력난이야! 좀 한다는 애들은 경찰서에서 조서 쓰고 있고! 똘똘한 애들은 이미 깜빵 가 있어!"

박 이사는 감정을 단숨에 토해낸 탓에 눈 끝이 파르르 떨렸다.

"바보들 가르칠 시간에 이사님이 직접 부스에 앉아서 콜하세요. 그게 회사에 이득이에요."

이선경의 훈장질이 계속 이어지자 박 이사는 스스로 놀랄 만큼 크게 흥분했다.

"나 바빠!!! 좆 빠지게 바빠!!!"

그 소리에 공항 순찰을 돌던 경찰 대원들이 박 이사를 쳐다봤다. 그 시선을 눈치챈 박 이사는 재빨리 공항 카트를 밀면서 이동했다. 영상 통화 속 이선경은 이쪽 상황에 관심 없었다. 그녀는 못마땅한 얼굴로 말했다.

"좆이 빠지든 붙이든 알아서 하고. 콜센터 중국으로 옮겨요! 최대한 빨리!"

박 이사의 얼굴이 일그러졌다. 그의 눈에 소리치는 이선경은 세상 물정 모르고 떠드는 여자로 보였다. 그는 가까운 벤치 앞에 공항 카트를 세워놓고, 벤치 위에 앉더니 영상 통화 속 이선경을 바라봤다. 그는 괴로운 표정으로 적당한 말을 찾느라 애썼다.

"나 불알 쪼그라들었어. 한국 짭새보다 중국 공안이 더 무서워. 서울에서 판 벌리면 고액 알바 구하기도 쉽고 버리기도 쉽잖아. 이제 알바 애들 중국 보내는 비용도 아까워."

영상 통화 속 이선경은 말문이 막힌 듯 입을 다물고 있었다. 그녀는 짤막한 한숨을 내쉬더니 입을 열었다.

"그럼 당장 콜센터 애들 전부 물갈이해요. 손가락 빨기 싫으면. 아, 손가락 빨기 전에 경찰한테 물리겠네."

그 말을 듣자 박 이사가 벌떡 일어섰다. 이선경을 바라보는 박 이사의 눈빛이 험악해졌다. 그녀를 향해 삿대질을 하며 말했다.

"이 부장! 야, 이선경!! 네가 뭔데 이래라 저래라야?! 내 일에 신경 끄고 새 매뉴얼이나 써! 그 짓 하라고 너한테 돈 주는 거야! 추석 연휴 전까지 써! 하루 늦을 때마다 네 손가락 하나씩 자를 거야!"

박 이사가 성난 목소리로 협박을 쏟아냈다. 그 기세에 눌린 이선경은 숨도 못 쉬고 영상 통화 속 박 이사의 얼굴만 쳐다봤다. 박 이사와의 영상 통화가 끝나고 그제야 숨을 쉬는 자신을 깨닫고 자기혐오에 빠졌다. 젠장, 쫄았다.

박 이사는 입 밖으로 뱉은 말은 꼭 지키는 인간이었다. 그동안 박 이사가 어떤 짓을 한 사람인지 떠올리자 서늘한 뭔가가 이선경의 등줄기를 타고 지나갔다. 새 매뉴얼을 쓰지 않으면 하루에 한 알 비타민을 꼭 챙겨 먹듯 하루에 하나씩 내 손가락을 꼭 자를 것이다. 아무 망설임 없이. 칼로 무를 자르듯 가볍게. 반듯하게 자른 손가락을 냉동실에 넣어두고, 생각날 때마다 내 손가락들을 구경하면서 흐뭇한 미소를 짓겠지. 그런 나쁜 생각들이 그녀의 가슴을 짓눌렀다. 젠장, 좆됐다.

***

이선경은 원룸 욕실로 끌려가 박 이사에게 손가락을 잘리는 꿈을 꿨다. 손에서 흘러내린 빨간 피가 하얀 타일 위에 뚝뚝 떨어져 선명한 흔적을 남겼다. 끄아아아– 고통에 찬 비명을 지르며 꿈에서 깨어났지만 두려움은 사라지지 않았다. 오히려 손가락이 잘리는 장면이 머릿속에 또렷이 새겨졌다. 두려움이 점점 몸집을 불릴까 봐 황급히 감정에 뚜껑을 덮었다. 그러나 뚜껑 사이로 두려움이 흘러나오고 사고력까지 무뎌지게 만들었다. 새 매뉴얼을 써야 하는데 한 글자도 쓰지 못했다.

이선경은 한글 커서가 깜빡깜빡거리는 모니터에서 시선을 돌렸다. 스마트폰으로 모바일 뱅킹을 했다. 그러나 매뉴얼 원고료는 입금되지 않았다. 원고료가 입금되었다면 무뎌진 사고력이 당분을 보충한 뇌처럼 활발해졌을 것이다. 입금 금액이 0원이라는 것을 확인하자 이선경의 뇌가 정지했다.

그녀는 어릴 적부터 돈이 있어야 움직였다. 초등학생 땐 세뱃돈을 받아야 세배를 했다. 대학생 땐 입금 문자를 확인한 후 대학원생 논문 대필을 했다. 돈이 입금돼야 뇌가 작동하고 손이 타닥타닥 키보드 위에서 춤을 췄다. 〈스포츠 경영학의 연구 동향 분석〉 논문 제목부터 '본 연구는 사회연결망…'으로 시작하는 첫 문장이 막힘없이 나왔다. 이선경은 난 어머니 배 속에 있을 때부터 선입금 후 작업 마인드야, 라고 자기분석을 했다. 현재 입금 금액 0원. 그래서 한 글자도 쓰지 못했다.

돈이 입금되지 않아서 매뉴얼을 만들지 못하는 것일까? 새로운 매뉴얼 아이디어가 없어서 입금 핑계를 대고 있는 것일까? 새로운 매뉴얼을 만들어도 상담원들이 망치겠지? 정수식품이 올린 실적 중에서 몇 퍼센트가 박 이사의 주머니로 들어갈까? 글이 써지지 않으니 수많은 생각들이 머릿속에 떠올랐다 사라졌다.

이선경은 매뉴얼 설계자로 일하기 시작했을 때를 떠올렸다. 하루 종일 노트북 앞에 앉아 있어도 피곤하지 않았다. '사학 연금을 받는 정년퇴직자' '부동산 앱으로 자취방을 구하는 대학 신입생' '첫 월급을 받은 신입사원' '토지보상금 수령자' 등 다양한 매뉴얼을 만들어내는 기계였다. 그 대가로 원고료가 들어오기 시작했고 100만 원, 300만 원, 500만 원… 액수가 점점 커졌다.

[쇼 미 더 머니.]

머리에 영감을 주고, 손가락을 움직이게 만드는 것은 돈이라고 생각했다. 지금은 기계가 멈췄다. 추석이 가까워지고 있는데 여전히 한글 문서창은 커서만 깜빡거릴 뿐 백지 상태였다.

이선경이 관자놀이를 누르며 두통을 쫓아내고 있을 때 원룸으로 박 이사가 찾아왔다. 머릿속에 물음표가 뽕 떠올랐다.

'아직 추석이 아닌데 이 인간이 왜 온 거지?'

원룸 안으로 들어온 박 이사는 다짜고짜 책상 위에 뭔가를 내려놓았다. 고급스럽게 포장된 선물세트였다. 책상 앞에 앉은 이선경은 뭔가 싶어 박 이사와 선물세트를 번갈아 쳐다봤다. 뭔가 수상쩍은 냄새가 났다.

"사람 손이 들어 있는 건 아니죠?"

"이제 그런 짓 안 해. 추석 보너스야. 한. 과. 선. 물. 세. 트."

이선경이 오른손을 뻗어 선물세트를 들었다. 한 손으로 흔들 수 있을 만큼 가벼웠다.

"진짜 가볍네요. 이 안에 꼭 있어야 할 것은 없고. 진짜 한과만…."

"한과 선물세트에 한과가 있는데 또 뭐?"

"보너스?"

"한과."

"말장난 그만하시죠. 제가 기억하고 있는 보너스는 성공 수당인데. 한과가 아니고."

이선경이 보너스를 말하자 박 이사의 얼굴에서 웃음기가 사라졌다.

"실적이 엉망이라 성공 수당이 없어. 돈을 벌었어야 보너스를 주지."

"지하주차장 CCTV를 보니 차도 바꾸시고…."

이선경이 박 이사의 왼쪽 손목을 바라봤다. 반짝반짝 빛나는 롤렉스 메탈 시계가 눈에 들어왔다.

"시계도 바꾸셨네요. 메이드 인 스위스로."

박 이사가 느물느물 입가를 치켜 올리며 대답했다.

"알뜰살뜰 모은 적금 깼어."

"오랜만에 중국 본사에 연락할까요? 약속을 잘 지키는 사람과 일하고 싶다고."

그 말에 박 이사의 눈동자가 살짝 흔들렸다. 그는 책상 끝에 엉덩이를 걸치더니 끈끈한 시선으로 이선경을 쳐다봤다.

"본사에 보낼 돈에, 밑에 애들 인건비에, 사무실 임대료에 내 허리가 휜다. 위에서는 조지고, 아래에서는 개기고. 나 원형탈모 생겼잖아. 보이스피싱 때려치고 바다낚시나 할까 봐."

박 이사가 몸을 움직일 때마다 시큼한 냄새가 허리 언저리에서 올라왔다. 이선경이 살짝 얼굴을 찌푸리며 말했다.

"인출책 애들이 너무 바빠서 밥 먹을 시간도 없다던데? 그래서 하루에 한 끼만 먹기로 했다고."

"아니야, 아니야. 일이 없어서 삼시세끼 잘 챙겨 먹고 있어."

불리한 이야기가 나오자 박 이사는 얼렁뚱땅 웃는 얼굴로 넘기려 했다. 이런 반응을 예상했다는 듯 이선경은 얇은 입술을 다문 채 미소를 지었다. 그러고는 스마트폰으로 지도를 확인했다. 지도 속 빨간 화살표가 어딘가를 향해 움직이고 있었다. 그녀는 박 이사가 볼 수 있게 스마트폰을 내밀었다.

"화살표 보이죠? 인출책이에요. 이 은행에서 아침, 저 은행에서 점심, 저녁은 어디에서 먹으려나?"

"이선경, 인출책 위치 추적도 하고 있어? 본사에서 시켰어?"

박 이사가 정중한 말투를 쓰고 있었지만 말꼬리에는 분노가 묻어 있었다.

"아니요. 혼자 노는 걸 좋아해서요. 보험도 필요하고. 이제 장난치지 말고 진짜 보너스로 부탁드려요, 박 이사님."

책상에서 엉덩이를 떼어낸 박 이사가 이선경에게 걸어갔다. 박 이사가 다가오자 이선경은 자리에서 일어났다. 두 사람은 마주 본 채 서 있었다. 그녀는 생글생글 웃었고, 그는 등을 꼿꼿이 세우고 험악한 표정을 지었다.

"이선경, 이제 보니 어마어마한 쌍년일세?"

"칭찬이시죠? 누가 내 욕하는 건 못 참는 쌍년이라."

박 이사는 코 닿을 거리에서 이선경의 얼굴을 뚫어지게 쳐다봤다.

"새 매뉴얼은?"

"한 글자도 못 썼어요."

이선경은 박 이사의 찌르는 듯한 시선을 피하지 않았다.

"내일이 추석 연휴야. 오늘까지 주기로 하지 않았어? 그렇게 기억하고 있는데."

"기억력이 대단히 좋으시네요. 보너스 계산은 엉망인데."

"얼굴에 미안한 표정이 없어. 왜 이렇게 당당해?"

"당당하고 뻔뻔한 게 제 성격이라는 거 잊으셨어요?"

"아, 그래서 너랑 이야기할 때마다 이상하게 기분이 나빴어."

박 이사가 한껏 비아냥거렸지만 이선경에게는 통하지 않았다.

"제가 쓴 매뉴얼은 좋아하시잖아요."

"돈을 벌어주니까. 그 덕에 네가 내 얼굴을 똑바로 쳐다보고 말섞는 거야. 돈을 못 벌면?"

"산이나 바다에서 발견되겠죠."

그 말을 듣자 박 이사의 얼굴에 심술궂은 웃음이 번졌다.

"역시 싸가지는 없지만 눈치는 있네. 상반신은 산에서, 하반신은 바다에서 발견되기 싫으면 고시 공부하듯이 새 매뉴얼 써."

"또 잊으셨나 보네요, 저 입금이 돼야 글빨이 사는 스타일이라는 거. 선입금 후작업."

"선작업 후입금으로 스타일을 바꿔. 본사엔 잘 말해놓을게. 인센티브 후하게 주라고. 사랑이 넘치도록."

"눈에 보이지 않는 사랑 말고 눈에 보이는 돈으로 부탁드려요. 30프로."

드디어 인내심이 한계에 다다랐다. 박 이사의 관자놀이에 불끈 핏줄이 튀어나왔다. 그는 입에서 불이라도 뿜는 거 아닐까란 기세로 이선경을 노려봤다.

"이선경, 주먹 보여?"

이선경이 슬쩍 아래를 보자 박 이사의 꽉 쥔 주먹이 눈에 들어왔다.

"이게 내 사랑이야! 이게 내 스타일이야!"

'젠장.'

그 순간 이선경의 얼굴로 박 이사의 주먹이 날아왔다. 주먹이 얼굴에 닿자 이선경은 눈앞이 하얗게 변했다. 배에 주먹 한 방을 맞자 저절로 입이 벌어지고 침이 질질 입 밖으로 흘러나왔다.

그런 이선경을 보자 흥분한 박 이사가 그녀의 얼굴에 복싱 선수처럼 원투 스트레이트를 날렸다. 그 공격에 이선경의 눈썹과 볼 피부가 찢어지고 코에서 피까지 흘러나왔다. 이선경은 정신을 차리지 못하고 휘청거리나 싶더니 둔중한 소리와 함께 바닥에 쓰러졌다. 박 이사가 주먹에 묻은 피를 확인하고 이선경에게 다가갔다. 이선경이 바닥에 엎어진 채 거친 숨을 내뱉으며 아파했다.

괴로워하는 이선경을 구경하는 박 이사의 얼굴 한가득 미소가 넘쳐흘렀다.

"이선경, 회장님이 잘 간수하라고 해서 예뻐해줬더니 위아래가 없어. 이제 누가 위인 줄 알겠지?"

이선경은 박 이사의 얼굴에 침을 뱉고 욕을 하고 싶었다. 그러나 머리를 압축기로 쥐어짜는 듯한 통증이 밀려와 아무것도 할 수 없었다. 박 이사의 머리카락을 잡아 뜯고 싶었는데 바닥 위에 있는 손은 마치 다른 생물처럼 부들부들 떨렸다. 그 손을 박 이사가 개

미를 짓이겨 죽이듯 꾹 밟았다.

"선경아, 사랑을 듬뿍 받으니까 정신이 들지?"

그가 발에 힘을 주자, 악- 비명이 이선경의 입 밖으로 튀어나왔다. 그녀가 힘겹게 고개를 돌려 손을 바라봤다. 박 이사의 발에 꽉 눌려 손가락을 움직일 수 없었다.

"손가락 병신 되기 싫으면 매뉴얼 써. 임용고시 합격한 애들 털어 먹는 걸로. 내일까지."

박 이사는 더 이상 말을 하지 않았다. 이선경의 눈에서 손을 밟고 있던 박 이사의 발이 사라졌다. 발소리, 현관문 열리고 닫히는 소리를 끝으로 원룸 안이 조용해졌다.

이선경은 몸을 일으키고 싶었지만 숨만 쉬어도 묵직한 통증이 느껴졌다. 가만히 엎드려 있는데 찢어진 입술에서 흘러나온 피 냄새가 코를 간질였다. 구타에 놀란 심장은 갈비뼈를 부러뜨릴 기세로 가슴속에서 날뛰고 있었다.

그녀가 한 손으로 바닥을 짚었다. 입 밖으로 거친 숨을 토해내며 몸을 일으켰다. 코에서 흘러나온 피가 바닥에 뚝뚝 떨어졌다. 비틀거리며 일어선 이선경이 돌덩이보다 무거워진 발을 움직였다. 다리에 힘이 들어가지 않아 금방이라도 쓰러질 듯했다. 그냥 벽에 기대 숨을 한껏 들이마시며 힘을 모았다.

가까스로 욕실에 도착한 이선경은 세면대 거울 앞에 섰다. 그녀는 세면대 거울에 옆 얼굴을 비춰보면서 오른손으로 코를 만졌다.

코가 반듯하지 않게 휘었다. 찢어진 입술에 손끝을 갖다 대자 송곳으로 찌르는 듯한 통증이 느껴졌다. 입을 벌리자 턱 관절까지 아파왔다.

"코에… 턱에… 천은 깨지겠네…."

세면대 거울 속 자신을 뚫어져라 쳐다봤다. 그러고는 손을 들어 뺨을 탁- 탁- 때리기 시작했다.

이선경, 탁- 네가 왜 이런 꼴을 당해? 탁- 네가 호구였어. 탁- 계속 호구로 살래?

뺨을 때리는 손이 허공에서 멈췄다.

"박 이사님, 억으로 갚아드리겠습니다."

그렇게 말하고는 입가에 의미심장한 미소를 지었다.

3장
선물

　한밤중 에어컨이 고장 나 숙직실은 찜통이었다. 최동석은 온몸이 땀에 젖은 채 잠에서 깨어났다. 제대로 잠을 자지 못해 머리는 무거웠고, 몸도 물에 젖은 솜처럼 무거웠다. 그는 다른 경찰들처럼 사우나를 떠올리지 않고 진한 커피를 떠올렸다. 대충 옷을 챙겨 입고 경찰서 정문을 나왔다. 조금 떨어져 있는 횡단보도 앞에 서자 곧바로 보행 신호로 바뀌었다. 오늘은 운이 좋네, 혼잣말을 했다.

　횡단보도를 지나 100미터를 더 걸어가면 승용차 한 대가 겨우 지나가는 좁은 길이 나왔다. 그곳으로 들어서면 양쪽으로 빽빽이 늘어선 예쁜 가게들이 눈에 들어왔다. 경찰서 근처에 젊은이들이 찾아오는 거리가 생긴 것은 재래시장 부흥 프로젝트 때문이었다.

상인이 손 털고 떠난 상점을 청년소상공인에게 저렴하게 임대해주고, 인테리어 비용까지 지원해줬다. 그러자 텅 비어 있던 상점들에 하나둘 새로운 주인들이 생기기 시작했다.

최동석이 좋아하는 가게는 디저트 카페였다. 대형 잡화점을 카페로 리모델링해서 다른 곳보다 매장이 넓었다. 그는 카페든 식당이든 널찍한 곳을 좋아했다. 5평도 되지 않는 작은 카페에 앉아 있으면 가슴이 답답했다. 디저트 카페에 들어가기 전 유리에 비친 자신을 보며 옷매무새를 가다듬고 머리를 만졌다. 머리는 희지만 아직 얼굴은 젊어 보인다고 생각했다.

디저트 카페 안에는 손님이 없었다. 최동석은 젊은 사장에게 "안녕하세요~." 인사하고 곧바로 에티오피아 커피를 주문했다. 앉을 자리가 많았지만 그는 안쪽 자리에 앉아 있다. 밖을 볼 수 있는 자리보다 안쪽 자리를 좋아했다.

젊은 사장이 주문한 커피를 직접 테이블까지 갖다줬다. 분명 픽업 공간에 'Self'라고 쓰여 있지만, 젊은 사장은 최동석이 디저트 카페에 올 때마다 주문한 커피를 직접 테이블까지 갖다줬다. 내가 무섭게 생겨서? 경찰이라는 것을 알고? 여러 가지 질문이 떠올랐지만 묻지 않았다. 최동석은 젊은 사장과 가까워지고 싶지 않았다. 조용히 커피를 마시며 생각을 정리할 공간이 필요했다.

오늘도 평소처럼 에티오피아 커피를 마시며 졸음을 몰아내고 있었다. 고요한 바다에 혼자 둥실둥실 떠 있는 듯한 기분을 느끼고 있을 때, 굵직한 남자 목소리가 불쑥 끼어들었다.

"저기요."

최동석이 얌전하게 커피잔을 내려놓고, 옆으로 고개를 돌렸다. 오토바이 헬멧을 쓴 퀵맨이 우두커니 서 있다. 최동석이 퀵맨을 퀵맨을 위아래로 훑어봤다.

"칼도 없고, 염산도 없고. 왜 내 앞에 서 있을까 궁금하네?"

최동석이 여유롭게 말했지만 그의 얼굴은 미심쩍은 표정을 지우지 않았다. 딱히 흉기 될 것은 없어 보여 복수를 하려고 찾아온 놈은 아니라고 생각했다.

퀵맨은 다짜고짜 테이블 위에 휴대폰과 자그마한 종이 박스를 내려놓았다. 최동석은 윙- 진동하는 휴대폰과 종이 박스를 번갈아 바라봤다. 그러고는 이게 뭔지 설명하라는 듯 퀵맨을 올려다봤다.

"전화 받으세요."

그 말을 툭 던진 퀵맨은 최동석에게 꾸벅 인사하고 돌아섰다. 최동석은 밖으로 나가는 퀵맨에게서 시선을 옮겨 윙- 진동하는 휴대폰을 바라봤다. 무시할까 하다가 진동음이 듣기 싫어 휴대폰을 귀에 갖다 댔다.

"누구세요?"

"안녕하세요. 그 카페 커피 맛 어때요? 난 완전 별로. 내 입맛에 안 맞아."

젊은 여자의 목소리였다. 20대 중반에서 30대 초반. 최동석은 여자의 목소리를 들으면서 몇 살인지 추측하면서 통화하는 상대방을 찾으려는 듯 주위를 둘러봤다. 디저트 카페에 들어왔을 때와 똑같이 다른 손님은 없었다.

"어디서 쓰레기 원두를 구했을까요? 사장이 누군지 재주도 좋아."

최동석의 눈이 컵을 씻고 있는 젊은 사장에게 멈췄다.

"사장 바꿔줄게요. 직접 물어보시죠."

최동석이 느긋한 목소리로 말했다.

이선경은 외모만 봤을 땐 최동석이 무뚝뚝한 인간이라 짐작했는데, 의외로 말이 통할 거라 생각했다. 노트북으로 디저트 카페 CCTV 영상을 확인한 이선경은 미소 띤 얼굴로 말했다.

"제가 싸가지 없게 말하는 스타일이라서요. 대신 물어봐 주시겠어요, 지능범죄수사팀 최. 동. 석. 형사님?"

어떻게 나올지 궁금해 최동석의 이름을 또박또박 발음했다.

"여자가 내 이름을 다정하게 불러서 여기가 카페가 아니라 룸싸롱인가 했어요."

잠깐 대화했을 뿐인데 여유가 넘치는 느낌이 들었다. 대화가 가능한 인간이라고 판단한 이선경은 오피스텔 원룸 안 책상 위 두 번째 모니터를 바라봤다. 정복을 입은 최동석이 상장을 들고 경찰청장과 함께 촬영한 기념사진이 떠 있다.

"제 버릇이 남 뒷조사 하는 거예요. 우리 최 형사님 좋은 일 많이 하셨더라고요. 보이스피싱 애들도 많이 검거하시고."

CCTV 안의 최동석이 테이블 위에 놓인 종이 박스를 바라보며 물었다.

"통성명이나 합시다. 그쪽 이름은?"

이선경은 재밌다는 표정으로 노트북 화면으로 시선을 옮겼다.

"갑질에 시달리는 을 또는 공익 제보자로 생각해주세요. 박스 안에 선물이 있어요."

디저트 카페 CCTV 영상 속 최동석이 종이 박스를 왼손으로 흔들었다. 그 안에 뭐가 들어 있는지 소리로 확인하는 듯했다.

"달그락 달그락, 박스에 돌멩이가 들어 있나?"

"선물 안에 문서 파일, 음성 파일, 영상 파일. 보기 좋게 넣어뒀으니 즐감하세요."

그 말이 끝나기 무섭게 최동석은 종이 박스에 붙어 있는 박스 테이프를 뜯어냈다. 거친 손길로 열더니 가만히 종이 박스 안을 바라봤다. 얼굴엔 표정이 없었지만 눈만은 달랐다. 흥미로운 것을 보는 듯한 눈이었다. 종이 박스에서 내용물을 꺼내는 최동석의 손길은 조심스러웠다. USB 메모리를 두 손가락으로 쥔 최동석의 표정에서 여유로움이 사라지고 싸늘하게 바뀌었다.

"무슨 영상이야?"

목소리까지 차가웠다. 눈앞에 이선경이 있었다면 멱살을 잡고 물어볼 기세였다. 하지만 멱살 잡힐 일은 절대 발생하지 않는다. 직접 대면하지 않고 전화 통화만으로도 간단히 일처리를 할 수 있다는 점은 이선경이 보이스피싱을 좋아하는 이유 중 하나다.

그녀가 첫 번째 모니터로 고개를 돌렸다. 정수식품 사무실 내부를 감시하는 CCTV 영상이 눈에 들어왔다. 박 이사가 콜센터 상담원들을 일렬로 세워놓고 뺨을 때리기 시작했다. 억센 손길에 3번 상담원의 몸이 휘청거렸다. 이선경의 목구멍이 불쾌감이 치솟아 올랐다. 저것이 현실이다. 박 이사, 더러운 손버릇을 고쳐주겠어.

"무슨 영상이냐고? 왜 대답이 없어?"

박 이사를 욕하고 있는데 차가운 목소리가 끼어들었다. 이선경은 느긋한 미소를 지으며 말했다.

"최 형사님 몸캠은 아니니까 걱정 마시고. 높은 분들과 돌려보세요, 승진하실 거예요. 미리 축하드려요."

제보자가 진심이 담긴 듯한 축하 인사를 하고 전화를 끊었다. 그때 최동석은 한 가지 생각만 했다. 1초라도 빨리 지능범죄수사팀에서 USB 메모리를 확인하자. 그는 손해 볼 게 없었다. 거짓 정보면 무시하고, 진짜 정보면 동영상 분석을 시작한다.

지금은 제보자 신원은 중요하지 않았다. 제보자는 직접 나서지 않고 자신의 단골 카페로 퀵맨을 보내 USB 메모리를 넘겼다. 제보자는 지능범죄수사팀 팀장인 자신에 대해 알고 있고, 오랜 시간 지켜본 후 제보 시점을 정하고 실행했다. 이것만으로도 제보자에 대한 신뢰성이 높았다.

디저트 카페를 나온 최동석은 뛰다시피 걸어가며 퀵맨이 건네준 휴대폰을 바지 뒷주머니에 넣었다. 엉덩이가 꽉 낀 상태라 금방이라도 휴대폰이 뒷주머니 밖으로 빠져나올 듯했다.

이선경은 손에 쥔 휴대폰 화면을 바라봤다. 디저트 카페 주변 지도에 어딘가로 이동하는 빨간색 화살표가 떠 있다. 빨간색 화살표는 경찰서를 향해 부지런히 이동 중이다. 그 움직임을 확인한 이선경은 원룸 밖으로 나갔다.

마스크와 선글라스로 얼굴을 가린 이선경이 도착한 곳은 보안 파쇄 전문 업체다. 그녀는 하드디스크들이 담긴 박스를 보안전문가에 넘겼다. 다른 분류 작업 없이 보안전문가는 하드디스크 파쇄기에 하드디스크들을 넣었다. 믹서기에 얼음이 갈리듯 드드득 소리와 함께 산산조각 났다.

빨간색 화살표는 계속 경찰서에 머물러 있었다. 이제 됐다 싶었는지 이선경은 그 휴대폰도 보안전문가에게 넘겼다. 방금까지 사용했던 휴대폰이 하드 파쇄기에 빨려 들어가는 걸 지켜봤다. 순식간에 휴대폰은 산산조각 났다.

보안전문가가 옆에 서 있는 여자의 얼굴을 바라봤다. 여자는 말없이 하드 파쇄기를 빤히 바라봤다. 그녀는 입가에 심술궂은 웃음을 머금고 있었다.

***

최동석에게 손가락보다 작은 그 USB 메모리는 거대한 폭탄이었다. '문서' 폴더를 열자 수많은 문서가 가나다순으로 정렬되어 있었다. 최동석은 은행 대출 고객리스트 문서부터 확인했다. 한눈에 알아볼 수 있게 피해자들 이름에 빨간색으로 표시가 되어 있었다. 비밀 장부처럼 피해자 이름, 피해 장소, 금액이 자세히 기록된 문서들이었다.

'동영상' 폴더는 결정적 증거였다. 보이스피싱 매뉴얼대로 피해자들과 전화 통화를 하는 정수식품 상담원들의 영상, 은행 영업점 ATM에서 돈을 꺼낸 피해자가 수거책에게 건네주는 CCTV 영상, 지하철역 출구 근처에서 피해자가 수거책에게 돈을 건네주는 영상…. 피해자와 수거책의 얼굴을 정확하게 알아볼 수 있는 파파라치급 동영상이 수십 개 있었다.

USB 메모리에서 나온 문서와 동영상 자료를 보고받은 경찰 고위관리들은 지능범죄수사팀을 정수식품으로 보냈다. 누구한테 제보를 받았는지 확인하는 것보다 정수식품으로 위장한 보이스피싱 조직을 검거하는 게 먼저였다. 결정적 증거들이 있으니 보이스피싱 조직원들만 검거하면 눈에 띄는 큰 실적을 올린 셈이었다.

익명의 제보자가 지능범죄수사팀에게 실적을 떠먹여준 건이었다. 어려움 없이 수사를 하고 기소까지 단숨에 이루어졌다.

경찰 고위관리들이 지능범죄수사팀의 검거 보고와 8시 뉴스에 나올 보이스피싱 검거 소식을 기대하고 있을 때, 정수식품 상담원들은 콜에 집중하고 있었다. 10초 후에 벌어질 사태를 예상하지 못한 채.

10, 9, 8, 7, 6, 5, 4, 3, 2, 1. 쾅!

커다란 굉음과 함께 정수식품 유리문이 깨졌다. 직접 해머를 들고 문을 부순 최동석이 옆으로 물러서자, 뒤에서 대기하던 형사들이 정수식품 안으로 들어갔다. 거대한 파도처럼 정수식품을 뒤덮은 지능범죄수사팀은 상담원들을 긴급체포했다.

사무실 외부 화장실에서 일을 보고 나오던 박 이사는 경찰들을 보고 재빨리 옥상으로 도망쳤다. 허겁지겁 옥상 문을 빠져나온 그는 앞으로 달리면서 계속 뒤를 살폈다. 쫓아오는 사람이 보이지 않았다. 급히 달려온 탓에 호흡이 가빠져서 숨이 막혔다.

그때 최동석이 옥상으로 올라왔다. 그의 눈에 옥상 난간 앞에서 우물쭈물하는 박 이사가 보였다. 그는 여유로운 표정을 지으며 박 이사를 향해 걸어갔다. 박 이사는 옥상 난간 앞에서 지상을 내려다봤다. 뛰어내릴 수 없는 높이라 보는 것만으로도 아찔했다. 등 뒤에서 박력이 느껴지는 낮은 목소리가 들렸다.

"뛰어내리려고?"

최동석이 차분한 말투로 말했다. 그 차분한 모습이 오히려 위압감을 줬다. 그는 겁을 주려는 듯 손에 든 해머를 바닥에 질질 끌며 다가왔다. 박 이사는 떨리는 마음을 자조적인 웃음으로 얼버무렸다. 잠시 갈등하다가 주머니에서 스마트폰을 꺼냈다. 그는 결심했다는 듯 스마트폰을 옥상 아래로 던졌다. '산산조각 나서 복원되지 마라!' 주문을 걸듯 속으로 되뇌었다.

이대로 붙잡힐 순 없었다. 다급해진 박 이사는 상의 안주머니에서 칼을 꺼내 앞으로 내밀며 최동석을 위협했다. 눈앞에 있는 캠핑용 칼을 보자 최동석은 환하게 웃었다.

"찌르려고?"

최동석은 전혀 물러설 기미가 없었다. 침을 꿀꺽 삼킨 박 이사가 최동석의 얼굴을 바라봤다. 먹잇감을 노리는 육식 동물의 얼굴이었다. 갑자기 최동석이 셔츠 단추를 풀었다. 그러자 안에 입고 있는 방검복이 드러났다.

"벗어줘?"

최동석은 방검복을 벗어냈다. 그러고는 허리춤에서 수갑을 빼 들고 박 이사에게 보라는 듯 얼굴 앞에서 흔들어댔다. 찌르든지, 알아서 수갑을 차든지 선택하라는 듯.

획 수갑을 던지자 얼떨결에 박 이사가 수갑을 잡았다. 최동석은 강한 눈빛으로 박 이사를 빤히 쳐다봤다. 박 이사는 그제야 포기했는지 "에잇." 하며 짜증스런 표정을 짓고는 익숙한 손놀림으로 자기 손목에 수갑을 찼다. 그렇게 박 이사가 체포되며 정수식품 사건은 종결됐다.

그 시각, 박 이사가 옥상에서 던진 스마트폰은 정수식품 건물 주차장에 떨어져 있었다. 마스크를 쓴 이선경이 박 이사의 액정 깨진 스마트폰을 주웠다. 그녀는 옥상 쪽을 올려다보며 스마트폰을 흔들었다.

"득템~. 땡큐."

경찰서 유치장에 갇힌 박 이사는 창살에 얼굴을 바짝 갖다 댔다. 그는 반 협박 반 애원을 담아 말했다.

"누가 정보를 흘렸어?! 누군지만 알려줘! 바로 천만 원 쏴줄게!"

박 이사가 정신 차릴 새도 없이 체포, 기소, 재판까지 일사천리로 이루어졌다. 그러나 정수식품 본사는 중국에 있어 주요 임직원들은 단 한 명도 체포되지 않았다. 한국 지사만 영업 종료되고 박 이사와 인출책, 수거책 피라미들만 실형을 선고받았다.

포승줄에 묶인 박 이사는 서울남부지방법원 주차장으로 이동하면서 복수하겠다고 혼잣말처럼 중얼거렸다. 누가 뒤통수를 쳤을까? 수송차량에 올라탄 그는 가장 먼저 이선경을 떠올렸다.

그날 이선경은 얼굴에서 붕대를 풀었다. 간호사가 들고 있는 거울에 얼굴을 비춰봤다. 그녀는 거울 속 코를 보고 흡족해했다. 코가 조금 더 높고 반듯하게 자리를 잡아 얼굴이 더 예뻐진 듯했다.

'박 이사가 교도소에 갇혀 있는 동안 난 부자가 된다.'

저절로 입가에 미소가 번졌다. 두 눈에서 멍이 빠지고 다시 세운 코가 자리를 잡을 때쯤, 이선경은 리서치 회사를 창업했다.

4장
하나리서치

사무실 유리문에 '하나리서치' 상호명 스티커가 붙어 있다. 실내는 칸막이로 나뉜 PC방과 흡사한 인테리어였다. 게임용 모니터 위에 캠이 설치되어 있고, 의자는 회장님 의자처럼 편했다.

호리호리한 김두만이 앞쪽 자리에 앉아 있다. 그는 환갑이 넘은 나이에도 외모에 신경을 쓰는 남자였다. 모니터 화면에 패스워드 입력이 나오자 멈칫했다.

"O. N. E. S. U. N."

뒤편에서 이선경의 목소리가 들렸다. 김두만이 "O… N… E…." 알파벳을 중얼거리면서 눈으로 키보드 위를 더듬었다. 그러면서 답답한 독수리 타법으로 느릿느릿 키보드를 눌렀다.

"PC방 시스템을 적극 활용했어요. 모든 컴퓨터는 메인 컴퓨터가 통제해요."

이선경의 부연 설명이 이어졌다. "U… N…." 알파벳을 다 입력한 김두만이 엔터키를 눌렀다.

"연결됐어."

어려운 일이라도 해낸 것처럼 김두만이 밝게 웃었다. 그 모습에 이선경은 엷게 웃음 띤 표정으로 다가갔다. 그녀는 김두만 옆에서 태블릿을 들어 보였다. 그러면서 설명을 마무리했다.

"메인 컴퓨터는 내가. 콜은 여기에 앉아서 편하게."

이젠 이해됐나 싶었는데 김두만은 곤혹스러운 표정을 지었다. 모니터 바탕화면에 또 다시 패스워드 창이 떠 있다. 그는 에잇- 모르겠다는 듯 전원 버튼을 꾸욱 눌러버렸다.

"나 같은 인간은 컴퓨터 두드리다가 홧병으로 죽을 거야."

"스마트폰보다 쉬워요."

"젊은 사람들이나 그렇겠지. 인증하는 게 왜 이렇게 많아?"

"보이스피싱 안 당해야죠."

이선경이 가볍게 말했다. 자리에서 일어난 김두만이 사무실 내부를 둘러봤다.

"박 이사가 인천 앞바다에 빠뜨렸나 했더니 살아 있었네? 오히려 박 이사는 학교 들어갔는데, 이렇게 번듯한 사무실까지 차리고. 누가 보면 오해하겠어."

김두만은 입가에 웃음을 띠고 이선경의 반응을 살폈다.

"무슨 오해요?"

"'정수식품 박 이사 털렸는데 밑에서 일하던 이선경은 독립을 했다….' 타이밍 예술이잖아?"

"인생은 타이밍이고, 버스 잘 갈아타는 건 능력 아니겠어요? 버스만 타기 지겨워서 이제 운전대 좀 잡아보려고요."

"면허는 있고? 아니지, 버스 살 돈은 있나?"

이선경이 가까이에 있는 모니터에 손을 갖다 대며 말했다.

"시집가려고 모아둔 돈 탈탈 털었어요."

"그러지 말고 돈 많은 홀아비를 털지 그랬어. 그런데 왜 이름이 하나리서치야?"

"둘리서치, 셋리서치, 넷리서치는 이상하잖아요?"

김두만은 고개를 끄덕이며 수긍했다. 그러고는 갑자기 생각났다는 듯 말했다.

"맞다. 정수식품에 넘기려고 했던 고객 정보는 잘 챙겼어. 퇴직을 앞둔 분이 급전이 필요했는지 고객 정보를 빼주겠대. 어르신이 빼주겠다고 하니 거절할 수가 있어야지. 그래서 달라고 했어."

그 말에 이선경의 눈빛이 반짝였다.

"어르신이 급전을 어디에 썼는지 뒤 좀 캐줘요. 그 고객 정보 다는 필요 없고, 최근 대출 심사에서 떨어진 고객 리스트만 넘겨요."

"그럼 나만 손해데? 이거 공짜 아니야. 내 돈 주고 산 거야."

"고객 한 명당 얼마 찔러줬어요?"

"이천 원씩 해서 총 천만 원."

"한 명당 만 원으로 계산해드릴게요."

"이 대표, 가슴만 큰 줄 알았더니 통도 크네."

"칭찬만 받고 성희롱은 거절할게요."

"궁금한 게 있는데 말이야. 왜 이 대표는 나한테 존댓말을 써? 이 대표 돈줄도 아니고, 뒤 봐주는 사람도 아닌데."

이선경이 살짝 비뚤어진 김두만의 넥타이를 고쳐주며 말했다.

"김 선생님은 믿을 만한 어른이시니까, 하나리서치 대표로 명함 파드릴게요. 제 일 좀 도와주세요."

"당연히 도와줘야지. 우리 집 가훈이 상부상조야. 바지 사장이라고 바지 벗기지 말고, 주머니에 오까네 두둑하게 챙겨줘. 뭐부터 할까?"

이선경이 손끝으로 콜부스를 가리켰다.

"콜센터 상담원이 필요해요."

***

보이스피싱의 기본은 전화 통화다. 전화 통화로 호구를 불안하게 만들고 쉴 새 없이 말을 하면서 이성적인 생각을 못하게 막아야 했다. 그러기 위해선 상담원의 연기 실력이 필요하다. 보이스피싱 매뉴얼이 좋아도 상담원의 연기 실력이 부족하면 호구의 주머니에서 돈을 **빼낼** 수 없다.

그다음은 상담원의 목소리와 발음이었다. 그에 따라 매뉴얼의

종류가 달라졌다. 목소리가 바리톤이면 검찰 사칭, 하이톤에 발음이 정확하면 은행 사칭, 부드럽고 나긋나긋한 톤이면 보험사 사칭을 했다.

이선경은 매뉴얼에 대한 이해도와 연기는 가르칠 수 있다는 주의였다. 바보만 아니면 교육을 통해 상담원을 현장에 투입할 수 있다고 생각했다. 그녀가 가장 중요하게 생각하는 건 상담원의 현실과 의지였다. 돈이 절박한 현실이 상담원의 능력을 향상시킨다는 것이다. 자기 현실이 힘들어야 남에게 사기를 친다는 죄책감이 사라진다. 김두만에게 필요한 상담원 조건을 일러주었다.

"20세부터 26세까지 대학생. 전공 상관없이 학자금 대출 받았다…. 집이 가난하다…."

"쭈욱 읊어봐."

"학점이 나쁘다, 3순위. 결혼했다, 2순위. 애가 있다, 1순위. 부모님이 아프다, 1순위. 부모님 아프고 결혼했고 학점까지 나쁘다, 0순위. 무조건 취직."

이선경이 필요한 상담원의 우선순위까지 알려줬다. 김두만은 팔짱을 낀 채 미간에 잔뜩 주름을 만들며 가만히 듣기만 했다. 그러나 머릿속은 바쁘게 움직였다. 안 되는 이유부터 찾는 사람이 아니었다. 어떻게 하면 할 수 있을까를 고민하는 사람이었다.

그가 선택한 첫 번째 방법은 구인 광고의 고전, 스티커였다. 일일 알바를 고용해 대학교 화장실 소변기 위에 '리서치 고액 알바', 그다음은 변기 칸 문 안쪽에 '리서치 고액 알바' 스티커를 붙였다.

촌스러운 안마방, 성매매 오피스텔 스티커와 달리 은행 인턴사원 뽑는 듯한 고급스러운 디자인이었다.

두 번째 방법은 학자금 대출을 받은 학생들의 개인정보를 알고 있는 조교를 이용하는 것이었다. 김두만이 보낸 오토바이 헬멧을 쓴 퀵맨이 조교 앞에 돈 봉투와 명함 케이스를 내려놓았다. 조교는 슬그머니 돈 봉투부터 챙긴 후 개인정보 문서가 들어 있는 서류봉투를 퀵맨에게 건네줬다.

조교는 야간 알바를 하느라 피곤한 대학생을 찾아갔다. 그러고는 편의점 계산대 위에 명함을 내려놓았다. 대학생이 명함을 확인했다. '하나리서치 대표 이정훈.' 가짜 명함이지만 그것을 알 수 없는 대학생은 이게 뭔가 묻는 듯한 시선으로 조교를 바라봤다. 이때다 싶어 조교는 하나리서치에 대해 설명을 했다. 집이 가난하고 부모가 아픈 대학생에게 최저시급보다 더 많은 시급과, 편의점 알바보다 '하나리서치 근무'라고 이력서에 한 줄이라도 넣을 수 있는 경력이 대학생의 이성을 꽉 움켜쥐었다.

심야 배달 알바를 끝내고 집으로 돌아온 대학생이 소리 나지 않게 안방 문을 열었다. 침대 위에 잠자고 있는 두 사람은 사랑스럽지만 버거운 짐처럼 느껴질 때도 있다. 아내가 된 후배, 혼전임신으로 태어난 아기, 대학교를 졸업하지도 않았는데 가장이 됐다는 부담, 동기들처럼 공무원 시험 준비를 해야 하는데 심야 알바를 해야 하는 현실…. 가슴이 답답해졌다.

이렇게 재학 중에 결혼, 아이까지 있는 대학생이 조교의 먹잇감이었다. 조교가 자주 찾아가는 사냥터는 대학교에서 가장 조용한 곳이다. 도서관 스터디 공간을 찾아가면 대학생들이 공용 테이블 앞에 앉아 열심히 공부를 하고 있었다. 그 뒤를 천천히 걸어 다니면서 먹잇감을 찾았다. 책만 펼쳐놓고 조는 학생, 졸업 학점을 채우지 못했는데 위기의식이 없어 시간만 낭비하는 학생, 조교가 졸고 있는 학생의 어깨를 흔들어 깨웠다. 비몽사몽 정신이 없는 학생에게 하나리서치 명함을 내밀었다.

하나리서치가 원하는 0순위 상담원은 부모가 아프고, 재학 중에 결혼을 하고, 학점까지 나쁜 학생이다. 희귀동물처럼 찾기 힘든 존재였다. 포섭하지 못하면 일반적인 방법을 사용했다.

알바 게시판 관리도 조교의 일이다. 게시판 앞에 선 조교는 주위를 살피고는, 가장 잘 보이는 위치에 '리서치 고액 알바' 전단지를 붙였다. 별다른 노력을 하지 않아도 된다는 편의성이 있었지만 폭탄을 만날 수 있는 위험성이 높다.

***

조교의 선택이 1차 서류전형, 그걸 통과한 학생들이 2차 면접을 봤다. 면접 장소는 하나리서치 회의실이다. 김두만은 관상을 보듯 테이블 맞은편에 앉은 대학생의 얼굴을 뚫어져라 쳐다봤다.

대학생은 눈앞에 있는 남자가 아버지보다 훨씬 나이가 많아 보여 긴장이 됐다. 면접 책임자와 대화하면서 궁금한 것이 생겼다.

왜 카메라가 면접 책임자 옆에 있지? 리서치 회사가 외모를 보는 걸까? 전화 통화만 하면 된다면서? 목소리가 더 중요하지 않나? 머릿속에 생각들이 꼬리에 꼬리를 물면서 떠올랐다.

면접 진행은 김두만이 했지만, 면접 책임자 이선경은 다른 곳에 있었다. 카메라는 그녀의 눈이고 김두만 귀의 무선 이어폰은 그녀의 입이었다.

"김 대표님, 대본대로 면접 시작하세요."

무선 이어폰을 통해 이선경이 지시를 했다. 김두만은 대학생에게 질문을 했다.

"왜 왔어? 친구 따라서?"

"조교님이 고액 알바라고…."

"대학생보다 중학생으로 보여요. 저런 애는 기가 약해서 이 일 못해요."

이선경이 차가운 평가를 내렸다. 김두만은 면접비 5만 원이 든 종이 봉투를 내밀었다. 그러고는 대학생의 눈을 보며 부드럽게 말했다.

"여기까지 오느라 고생했어. 이거 차비."

면접 시간은 길지 않았다. 간단한 질문을 던지고 답을 듣고 면접비를 건네줬다. 질문은 이선경이 정해줬다. 김두만은 왜 이런 질문을 해야 하는지 묻지 않았다. 그저 면접 대상자 맞춤형 질문이라는 이선경의 말을 믿었다.

"지금까지 살아오면서 한 짓 중에서 제일 나쁜 짓이 뭐야?"

"엄마 지갑에서 슬쩍 돈을 빼냈어요."

"얼마?"

"3만 원이요."

그렇게 대답한 대학생은 면접에서 탈락했다. 이유는 간단했다. 3만 원을 훔쳤다는 이야기를 하는데 불이 붙은 것처럼 얼굴이 빨개져서 몸 둘 바를 모르는 듯 수줍어했다. 겨우 이 정도에 얼굴이 빨개지면 상담원 일을 하기 힘들었다.

"내가 무슨 일을 시킬 것 같아?"

"모르겠는데요."

"30만 원 줄게. 지나가는 사람 패라면 팰 수 있어?"

"네. 돈만 주면."

"내 얼굴 때려봐. 30만 원 줄게. 현찰로."

"네에?"

이 학생이 면접에서 탈락한 이유는 나쁜 짓도 잘할 듯 말했지만 행동으로 옮기는 데 생각이 많은 스타일이기 때문이다.

그다음 면접자에게는 보이스피싱 매뉴얼을 보여줬다. 김두만이 눈짓으로 태블릿을 가리키며 말했다.

"읽어봐."

"이영선 양의 명의가 도용되었다는 것을 증명하지 않으면 사기

단의 공범으로 조사를 받게 됩니다. 지금 즉시 계좌의 예금을 안전 계좌로 이체해두지 않으면 모든 예금이 빠져나갈 수 있습니다."

"잘 읽네. 발음이 아주 좋아."

김두만의 외모에 기죽지 않고 대화도 잘하고 처음 보는 매뉴얼도 능숙하게 읽었다. 여기까지는 완벽했다.

"고딩 때 방송반이었어요."

"그럼 장래희망이 아나운서?"

"아뇨. 경찰입니다."

면접자는 반짝반짝 빛나는 눈으로 해맑게 대답했다. 경찰입니다, 라는 말에 진심까지 느껴졌다. 상담원 교육을 받자마자 경찰에 신고할 사람이다.

***

일주일 동안 면접을 봤지만 소득이 없었다. 상담원으로 고용할 학생이 없었다. 해가 저물고 창밖이 어두워졌다. 그러자 창가에 서 있는 이선경의 얼굴이 창에 비쳤다. 그녀는 비웃음을 가득 담은 눈빛으로 자신을 바라봤다. 상담원 찾는 일을 너무 쉽게 생각했다.

이선경은 오피스텔을 나와 을지로 바에서 김두만을 만났다. 낮에는 카페, 밤에는 바로 운영하는 곳이다. 벽마다 다양한 술병들이 놓여 있는데, 바를 찾아갈 때마다 술병 개수가 늘어났다. 그래서 커피 흔적은 다 지우고 술의 흔적으로만 채워놓은 공간처럼 보였다.

오늘은 진열장 와인들의 가격, 맛, 향이 자세히 설명되어 있었다. 바에 들어올 때까진 와인 생각이 없었지만, 와인 설명을 읽자 오늘의 술은 와인으로 결정했다.

테이블은 간격이 넓어 이야기하기 편하지만 김두만은 바 앞에 나란히 앉아 있는 것을 좋아했다. 제목 모를 음악을 감상하고, 술을 준비하는 바텐더를 바라보며, 도수 높은 술을 마시는 이 특별할 것 없는 루틴이 그를 행복하게 만들었다.

은은한 향기와 함께 나타난 이선경이 옆자리에 앉았다. 김두만은 이선경에게 술잔을 들어 보였다. 그게 인사였다. 술잔을 비우고는 바텐더에게 빈 잔을 채워달라 손짓했다. 그러자 새 건전지를 넣은 로봇처럼 바텐더가 생기를 찾았다. 어떤 술인지 말하지 않아도 바텐더는 그가 원하는 술이 뭔지 알았다. 이선경은 술을 준비하는 바텐더에게 와인과 치즈플래터를 주문했다. 두 사람은 각자 앞에 술잔과 와인 잔이 놓일 때까지 아무 말도 하지 않았다. 이선경은 깊은 생각에 잠겨 손끝으로 와인 잔을 만졌다. 다시 술잔을 비운 김두만이 입을 열었다.

"지시한 대로 학자금 대출을 받은 가난한 학생들로 모았는데, 다 마음에 안 들었어?"

"네에. 김 대표님도 마음에 드는 학생이 없다면서요."

"애들이 착해. 집이 가난한데 사회에 대한 불만도 없고, 미래에 대한 목표가 뚜렷해."

"이제 고액 알바 모집 말고 다른 방법으로 가죠."

"어떤 거?"

"오디션."

"보이스피싱 오디션이라도 하려고?!"

김두만이 놀란 듯 눈을 크게 떴다. 이선경이 와인 잔을 들여다보면서 말했다.

"난 뻔한 거 싫어요. 기존에 하지 않았던 방법으로 해야 내 입맛에 맞는 상담원을 찾을 수 있어요. 성우, 아나운서 지망생을 대상으로 오디션을 보고, 목소리 연기가 되는 사람으로 뽑을 거예요."

이선경은 결심을 굳힌 듯 고개를 끄덕였다. 그 행동에 김두만의 눈가에 주름이 잡혔다. 그는 이선경이 사람 뽑는 일을 너무 쉽게 생각하는 듯했다. 바텐더와 시선이 마주치자 손가락으로 술잔을 가리켰다. 이대로 말하면 목소리가 커질 것 같아서 한 차례 헛기침을 했다.

그가 입을 열려고 할 때 이선경이 눈짓 신호를 보냈다. 가까이 다가온 바텐더를 의식한 것이었다. 그녀는 아까부터 바텐더가 마음에 걸렸다. 관심 없는 척하면서 신경을 곤두세우고 대화를 듣고 있는 게 아닐까? 열심히 일하는 것처럼 보였지만 힐끔힐끔 쳐다보는 시선도 느꼈다. 박 이사 사람? 잠복근무 경찰? 이선경이 바텐더의 정체를 의심할 때 바텐더는 김두만의 술잔에 술을 채웠다. 바텐더는 물러서면서 힐끔 이선경을 바라봤다. 그 시선을 눈치챈 이선경은 뭔가 있는데, 하며 속으로 중얼거렸다.

김두만이 바텐더의 위치를 눈으로 확인했다. 바텐더는 새로운 손님과 인사를 하고 있었다. 그는 이젠 됐다 싶어 입을 열었다.

"뽑았다 치자. 방송국 물 먹고 싶은 애들이 콜센터에서 일하겠어?"

"오디션은 대표님이, 일하게 만드는 건 내가."

이선경이 와인 잔을 입에 갖다 댔다. 와인을 거칠게 삼키자 목에서 꿀꺽꿀꺽 소리가 났다. 단숨에 와인 잔을 비운 그녀가 바텐더에게 말했다.

"여기 위스키 한 잔. 아드벡으로."

"저희 바엔 아드벡은 없는데, 대신 글렌피딕 한 잔 서비스로 드릴게요. 맛이 달콤해요."

바텐더가 차분하게 말했다. 여자에게 접근하는 남자들처럼 뭔가 잘 보이려는 말투가 아니었다. 바텐더는 이선경 앞에 글렌피딕 위스키 잔을 내려놓았다. 그때 그의 팔이 눈에 들어왔다. 팔이 두꺼워 상의에 팔을 구겨 넣은 듯했다. 팔에 힘만 줘도 옷이 갈가리 찢길 것만 같았다. 감촉을 느껴보지 않아도 단단하다는 것을 알 수 있었다.

이선경이 위스키 잔을 쥐자 그 아래에 명함이 놓여 있었다. 그녀는 빈정거리는 미소를 띄우며 말했다.

"원하는 술은 안 주고 명함을 주네."

바텐더는 대답하지 않았다. 가볍게 미소 지으며 이선경의 반응을 살폈다. 이선경이 위스키 잔 아래에서 명함을 꺼냈다. 명함 앞면을 보자 '중고차 딜러 최성욱' 글자가 촌스러운 궁서체로 인쇄되어 있었다.

"바텐더야? 딜러야?"

"둘 다."

최성욱이 가볍게 대답했다. 그의 눈은 이선경의 얼굴에서 떠나지 않았다. 이선경은 위스키 잔을 비우고 말했다.

"위스키 말고 포르쉐로 꼬셔야지."

최성욱이 왼손에 낀 결혼반지를 보여줬다.

"꼬시려는 건 아니고. 귀가 좋아서 두 분 이야기를 경청하게 됐어요."

"그래서 경찰에 신고하려고?"

"아니요. 콜센터에 취직하려고요."

최성욱은 입가에 미소를 띠고 이선경의 반응을 살폈다. 그때 김두만이 끼어들었다.

"콜센터에 왜? 낮에 차 팔고, 밤에 술 팔지."

그렇게 말하고 무언가를 찾듯 바 안을 둘러봤다. 테이블마다 화기애애해 이쪽 대화를 엿듣는 사람은 없는 듯했다.

"우리 이야기 들었다면서? 불법인 거 알면서 취직하려고?"

이선경은 차분한 말투를 쓰려고 했지만 말꼬리에는 어렴풋이 분노가 묻어 있었다.

"꼬인 인생 더 꼬인다고 풀리는 것도 아니고. 내가 기가 막히게 돈 냄새를 잘 맡는데, 두 분한테서 돈 냄새가 나니 어쩌겠어요? 따라가야지."

최성욱의 대답에 김두만의 심기가 불편했다. 그는 트집을 잡는 만취한 사람처럼 말했다.

"바텐더, 뭘 잘해? 주둥이 까는 거 말고."

"팔다리 멀쩡하고, 운동 잘하고, 그중에서 주먹이 제일 좋아요."

"누구까지 때려봤어?"

"프로야구 심판."

"왜?"

"100프로 볼인데 스트라이크라고 해서."

"합격!"

김두만이 말했다. 바텐더와의 대화가 유쾌했는지 덩실덩실 춤이라도 출 기세였다. 이선경은 얼굴에 김두만의 침이라도 튄 것처럼 인상을 썼다.

"리서치 회사지 또라이 집합소가 아니에요."

"봐봐."

김두만이 이선경의 얼굴에 휴대폰을 내밀었다. 이선경은 뭔가 싶어 김두만의 휴대폰을 낚아챘다. 휴대폰 화면에는 인물 검색으로 최성욱 선수 프로필이 떠 있다. 가장 먼저 눈에 들어온 내용은 '2014년 프로야구 1군 선수'였다. 이선경은 짜증이 얼굴에 드러나지 않게 참았지만, 김두만은 신나게 떠들었다.

"생각보다 더 또라이야. 프로야구 1군 첫 경기 첫 타석에서 심판 패고 제명당한 놈."

그는 크게 소리 내어 웃더니 인터넷 기사들을 보여줬다. 이선경은 관심 없다는 듯 눈으로 대충 읽었다. '신인 선수 최성욱, 주심 폭행', '최성욱 선수 제명' 기사 타이틀이 눈에 들어왔지만 흥미가 생기지는 않았다. 그녀는 김두만에게 휴대폰을 돌려줬다.

이선경의 반응이 미지근하자 최성욱이 김두만의 휴대폰을 눈으로 가리켰다.

"기사 끝까지 읽었어요? '최성욱은 제명당한 이후 휴대폰 판매 영업사원과 콜센터 상담원으로도 일했다.'"

'콜센터'라는 말이 이선경의 귀 안쪽에서 메아리쳤다. 그녀는 최성욱을 빤히 쳐다봤다.

"합격."

5장
상담원들

 이선경은 새로운 원룸으로 이사했다. 정수식품을 관리할 때와 똑같이 컴퓨터를 세팅했다. 집 정리까지 끝나니 너무 피곤해서 그녀는 시체처럼 손가락 하나 까딱할 수 없었다. 피곤한 몸을 이끌고 책상 앞 의자에 앉았다. 책상 위에는 3개의 모니터와 전화기가 놓여 있었다. 첫 번째 모니터에 하나리서치 내부 CCTV 화면이 나왔다. 그녀가 마우스를 클릭할 때마다 CCTV 화면이 다양한 각도로 보였다.

 "누구 뒷조사예요?"

 책상 맞은편 회의 테이블에 김두만이 앉아 있다. 그는 품속에서 봉투를 꺼냈다. 회의 테이블 위에 가볍게 툭 봉투를 내려놓았다.

"당연히 최성욱이지. 사생활 쪽으로. 우리 식구 될 사람인데 꼼꼼하게 살펴봐야지."

그는 기쁨과 즐거움이 반씩 섞인 듯한 목소리로 말했다. 이선경은 기운 없는 목소리로 물었다.

"뒷조사를 좋아하는 거예요? 사람을 못 믿는 거예요?"

"그냥 도벽 같은 거야. 뒷조사를 하면 몸이 찌릿찌릿해져. 혈액순환이 잘 되고 잠도 잘 와."

그 말을 듣자 이선경의 머릿속에 물음표가 하나 떠올랐다. 그녀는 팔짱을 끼며 물었다.

"내 뒷조사도 했죠?"

"당연히 했지."

"어디까지?"

김두만이 잠깐 뜸을 들인 뒤 즐거운 표정으로 입을 열었다.

"이선경 자서전 쓸 수 있을 정도?"

"이래서 제가 대표님을 존경해요. 같은 편도 못 믿고."

"이제 잡담 그만하고 일 이야기로 넘어가자고. 최성욱 사생활 쭉 읊어줄게. 최성욱에게 동거녀가 있어. 진하영, 나이는 28세, 집 근처에서 네일샵 운영."

김두만은 강력계 형사 출신이었다. 과학적 수사보다는 직접 발로 뛰는 탐문 수사 체질이었다. 최성욱이 거주하는 주변을 돌아보고, 동네 사람들에게 접근해 최성욱의 평판을 들어봤다. 거기서 끝내지 않고 동거녀까지 미행했다. 그녀가 운영하는 네일샵 주변에서 시간을 보냈다. 그러면서 네일샵 내부를 살폈다. 동거녀 혼자 운영했고, 일이 즐거운지 늘 밝은 얼굴로 손님을 상대했다.

"최성욱과 동거한 지는 3년째고, 진하영이 한 달 전에 산부인과에서 진료를 받았는데 결과는 임신 8주. 진하영은 외동딸로 자라서 아기를 낳고 싶어한대."

그는 산부인과까지 미행했다. 진하영을 딸이라고 속여 간호사로부터 정보를 얻어냈다. 뒷조사를 위해서라면 여탕에도 들어갈 수 있는 인간이었다.

"최성욱이 아기를 낙태시킬 쌍놈이었으면 우리한테 취직시켜달라고 안 했을 거야."

이선경은 김두만 맞은편에 앉아 봉투에서 꺼낸 문서를 눈으로 읽고 있었다. 그녀는 문서 너머에 있는 김두만을 바라봤다.

"태어날 애가 있어서 최성욱은 믿을 만하다?"

"애 키우려면 돈이 필요하잖아. 분유값 벌려면 무슨 짓이라도 해야지. 사람 죽이는 것만 빼고 다 하자, 그러면서 내가 손을 쓰윽 내밀었거든. 새끼가 내 손을 꽉 잡더라고."

"뒷조사도 통과했으니 합격 통보해주세요."

그 말과 함께 이선경이 문서를 찢었다. 본격적으로 일이 시작된다고 생각하니 김두만의 얼굴에 번쩍번쩍 생기가 감돌았다.

***

을지로 바는 이른 시간이라 손님이 없었다. 홀로 바 앞에 앉아 있는 김두만은 바 안쪽을 바라봤다. 바텐더 최성욱이 유리잔을 마른 수건으로 닦고 있었다. 김두만이 헛기침을 하자 마른 수건을 쥔 최성욱의 손이 멈췄다.

"합격. 내일부터 나와. 사무실 주소는 메신저로 보내줄게."

"감사합니다. 인센티브 많이 받아가는 직원이 되겠습니다."

"두 가지만 명심해. 첫째, 시키는 대로만 한다. 둘째, 나대지 않는다."

"두 가지가 십계명보다 어렵네요."

최성욱의 얼굴이 묘하게 일그러졌다. 그에게 나대지 않고 시키는 대로 하는 건 어려운 일이었다. 어쨌든 오래 일을 하려면 성질을 죽여야 했다.

그때 김두만의 얼굴도 일그러졌다. 귀에 꽂은 무선 이어폰이 불편했다. 거기에 이선경의 목소리까지 들려 지금 당장 귀에서 무선 이어폰을 빼내고 싶었다.

"그럼 하나만 기억해. 매뉴얼대로 한다."

이선경의 지시대로 김두만이 말했다.

"그럼 하나만 기억해. 매뉴얼대로 한다."

"네에. 매뉴얼대로 할게요. 제가 보기보다 말을 잘 들어요."

"사람도 잘 때리고."

"폭력은 작년에 끊었어요. 아직까지 깽값 물어준 적은 없어요."

최성욱이 주눅 든 기색 없이 선뜻 대답했다. 김두만이 최성욱의 얼굴을 쳐다봤다. 진실인지 거짓인지 가늠하는 눈빛이었다. 그것을 눈치챈 최성욱은 시선을 피하지 않았다.

"운동선수치고 말 잘하네."

김두단은 최성욱이 마음에 들었다. 이 정도 뻔뻔함이면 일을 잘하겠다고 생각했다.

이선경은 오피스텔 원룸 창가에 걸터앉아 저녁노을을 바라봤다. 대포폰 스피커 기능으로 김두만과 최성욱의 대화를 듣고 있었다. 이제 그만 들을까, 통화 종료를 터치하려는데 최성욱의 목소리가 들렸다.

"…그래서 빠따로 많이 맞았어요. 아주 많이."

"사지가 멀쩡한 걸 보면 맷집이 좋나 봐. 일 엉망으로 해서 빠따로 맞는 상황 만들지 말고 잘해."

김두만은 경고하듯 말했다. 그러고는 바 위에 올려놓은 대포폰을 챙기며 일어섰다.

"마지막으로 회사 일에 관련해서 궁금한 건 없고?"

누가 듣기라도 하는 듯 최성욱이 주변을 둘러보며 목소리를 낮췄다.

"다른 직원은?"

조심스레 물었다. 김두만이 바 위에 두 손을 올려놓고 몸을 앞으로 내밀었다.

"구하는 중이야. 요새 마인드와 스펙이 마음에 드는 애들이 없어."

"제가 구해볼까요?"

최성욱이 친근한 미소를 유지하면서 넌지시 말했다. 그 행동이 뭔가 수상쩍었지만 김두만은 상담원이 필요했다.

"왜? 딱 떠오르는 애가 있어?"

"세 명 정도."

"오케이. 면접 장소도 메신저로 보내줄게."

김두만은 차분한 말투로 말했다. 그 차분한 모습이 오히려 최성욱에게는 위압감을 줬다.

***

오전 10시부터 김두만은 카페 창가 자리에 앉아 있었다. 카페라떼에 입도 대지 않고 맞은편 네일샵만 바라봤다. 그는 최성욱의 동거녀 진하영을 지켜보는 중이었다.

무선 진공청소기로 실내 청소를 끝낸 진하영이 네일샵 앞에 입간판을 세워놓았다. 그런 후 문에 달린 팻말을 CLOSED에서 OPEN으로 돌려놓는 것으로 영업을 시작했다. 그렇게 김두만은 눈으로는 네일샵을 감시하고, 무선 이어폰으로는 전화 통화를 했다.

"김 대표님, 우리가 무슨 일을 하는지 알려줘요."

"위험하지 않을까?"

김두만이 걱정을 드러낼 때 그의 눈에 저쪽 길 끝에서 네일샵으로 향하는 이선경이 들어왔다. 그녀는 전화 통화를 하면서 카페 쪽을 바라봤다. 아주 평범한 사회인으로 보이도록 지극히 평범한 정장을 입고 있다. 상담원 선발은 중요한 일이라 오피스텔에 있지 않고 직접 외근을 나온 것이었다.

"미란다 원칙 알죠? 그거 말하는 것처럼 면접 보러 온 사람들이 뭘 할 수 있는지 알려줘요. 자리에 앉으면 취직, 일어서면 백수. 월급이냐, 무일푼이냐? 스스로 선택하게."

"면접 보고 나가서 경찰에 신고하면?"

"신고 못 해요."

"어째서?"

김두만이 묻자 이선경은 벽에 붙어 있는 거울을 바라봤다. 거울에 비친 진하영의 위치를 확인하고 대답했다.

"최성욱이 끌어들인 사람이니까."

"뒤통수 안 칠 믿을 만한 사람들을 데리고 올 거다, 그 말이지?"

"네일샵 잘 보이는 자리에 앉아 있죠?"

"응. 예쁘게 손톱 관리해."

"우리에겐 네일샵을 운영하는 동거녀가 보증인이고. 거기에 뒤통수 못 치게 소스만 하나 더 뿌리면 돼요."

"뭔데?"

이선경은 잠시 뜸을 들인 후 대답했다.

"공범으로 만들기."

그러고는 네일샵 문을 열고 안으로 들어갔다.

"어서 오세요."

네일샵 안으로 들어온 이선경은 진하영이 안내하는 자리를 무시하고 밖에서 잘 보이는 위치에 앉았다. 네일 테이블 앞에 앉은 이선경은 왼손을 올려놓았다. 네일샵 밖으로 고개를 돌리자 카페 창가 자리에 앉은 김두만이 쓰윽 손을 들어 흔들었다.

이선경은 손 스페셜 관리를 선택했다. 주문을 받은 진하영이 재료를 챙겼다.

오전 11시, 상담원 면접이 시작됐다.
"하나리서치 사장 김두만이야."

김두만은 짧게 자기를 소개하고는 면접자들을 지그시 바라봤다. 면접자들은 가볍게 인사를 했다. 카페 창가 테이블 자리는 최성욱, 오덕규, 김나영, 이수진까지 앉아 있어 비좁게 느껴졌다.

최성욱은 눈이 더 예리해 보여 밤보다 잘생겨 보였다. 오덕규는 어깨가 좁고 겁 많은 강아지상이었다. 김나영은 꼿꼿한 자세로 앉은, 이목구비가 균형이 잡힌 미인이었다. 이수진은 껍질을 벗긴 메추리알처럼 밋밋한 얼굴이었다. 젊은 20대들 사이에 늙은 60대 김두만이 끼어 있어 흰색 종이 위에 그려진 검은색 점처럼 눈에 띄었다. 그는 누가 들을까 봐 바짝 몸을 앞으로 숙인 채 말했다.

"하나리서치는 합법적으로 돈 버는 회사가 아니야. 불법으로 돈 벌어. 보이스피싱. 알맹이는 불법이지만 겉은 합법적인 회사야. 근무시간은 9시부터 6시까지가 풀타임, 월차 가능. 기본적으로 4대

보험, 식비 제공. 인센티브는 업계 최고 5 대 5. 천만 원짜리 보이스피싱에 성공하면 절반인 500만 원을 딱 떼어서 준다는 거야. 어때? 일할 맛 나지?"

김두만이 자신감에 찬 영업용 미소를 지었다. 그러자 오덕규가 휴대폰을 흔들어 보이며 말했다.

"성공 즉시 계좌로 쏴줘요?"

"기록이 남으면 서로 피곤하니까 현금 박치기로."

"현금 좋네. 내가 1년짜리 적금도 안 붓는 사람이에요. 1년 뒤에 어찌 될 줄 알고. 하루 벌어 하루 탕진잼."

오덕규는 자기 말이 재밌다는 듯 히죽히죽 웃었다. 김나영이 조심스레 물었다.

"혹시 근무 시간을 바꿀 수 있을까요?"

"관상을 보니 대학생은 아닌 것 같고. 무슨 일로?"

"화, 목은 학원에 가야 해서요."

"무슨 학원?"

"아나운서…."

김나영이 멋쩍은 웃음을 지어 보였다. 아나운서 지망생이란 말이지, 김두만이 기쁜 표정을 짓더니 주변을 둘러보며 목소리를 낮췄다.

"우리 일에 딱이네. 보이스피싱은 얼굴 팔지 않아도 되고 목소리만 필요해. 그냥 편하게 아나운서 연습한다고 생각해."

그때 이수진이 소심하게 손을 들었다.

"저는 고액 알바라고 해서 왔어요. 보이스피싱은 나쁜 일 아닌가요…."

그녀의 목소리는 너무 작았다. 하지만 그 말은 한껏 즐거워하던 김두만의 기분에 찬물을 끼얹었다. 그가 최성욱을 쳐다보며 서글서글한 표정으로 말했다.

"우리 최 대리가 설명을 잘못 했네. 고액 알바가 아니야."

김두만은 입을 다문 이수진을 보며 말을 이었다.

"고액 정규직이지. 4대 보험, 식비 제공, 1년 이상 근무하면 퇴직금도 있어."

이수진의 표정이 조금 어두워지더니 커피로 시선을 떨구었다.

"하는 일이… 전화로 이야기만 하면 되는 거죠?"

이미 설명을 들은 면접자가 하는 일에 대해 물어본다는 건 '일을 하겠습니다!'로 마음이 기울고 있다는 징조였다.

"근무 시간 동안 앉아서 전화 통화만 하면 돼. 사무실에서 시원한 에어컨 바람 맞으면서 일하는 정규직이야."

김두만의 무선 이어폰으로 이선경의 목소리가 들렸다.

"**대표님, 설명은 그만하고 결론으로 들어가시죠.**"

"응. 알았어."

김두만이 짤막하게 대답했다. 이선경은 명령만 하고 자기만 번거로운 일을 떠맡고 있었지만 큰 불만은 없었다. 최성욱이 손가락으로 김두만의 귀를 가리켰다.

"누구예요?"

김두만이 단어 하나하나를 고르듯 조심스럽게 대답했다.

"여자."

"뭔가 감시당하는 느낌은 그냥 느낌인 거죠?"

그렇게 말하면서 최성욱이 김두만의 표정을 살폈다. 김두만은 얼굴에서 차분함을 지워내고 냉정함을 새겨 넣었다.

"나이가 드니까 여자랑 통화하면 끊기가 싫어서."

테이블 위에 대포폰을 올려놓고, 손끝으로 톡톡 건드렸다.

"다 듣고 있으니까 말 잘해. 착한 일로 돈 벌고 싶은 사람은 지금 당장 일어서서 나가. 우리 쪽에서 붙잡지 않을게. 경찰에 신고하는 매너 없는 짓은 하지 말고."

그렇게 말하면서 김두만은 면접자들의 얼굴을 살폈다. 완전히 납득한 표정은 아니었지만 반발하거나 자리를 박차고 일어서는 면접자는 없었다. 최성욱이 부드러운 표정과 달리 진지한 시선으로 김두만을 바라봤다.

"여기 나갈 사람 없어요. 다 돈 필요해서 온 사람들이에요."

그 말을 대답이라 생각하고 김두만은 대포폰을 향해 말했다.

"자리에서 일어난 사람이 없어. 눈빛들이 좋아. 통장에 100만 원이라도 꽂아주면 빤스도 벗어주겠어. 면접은 이걸로 끝났고, 보증인이 필요한데 누가 좋을까? 최 대리가 해."

김두만이 명령하듯이 말했다. 최성욱이 김두만의 얼굴을 빤히 쳐다봤다.

"대리도 하고 보증도 서라?"

"최 대리, 잘 생각해봐. 서울 바닥에 깔리고 깔린 카페야. 그중에서 왜 여기에 왔겠어?"

"맞은편에 아는 네일샵이 보이네요."

대답하는 최성욱의 목소리 끝이 떨렸다. 최성욱은 그제야 김두만의 속셈을 알아챘다. 하영이 네일샵이 잘 보이네, 하며 카페에 도착했을 때부터 느낀 불안감이 현실이 됐다. 최성욱은 당황한 듯 시선을 한곳에 두지 못하고 불안정하게 움직였다.

"그러니까 말 하나, 행동 하나 조심해. 최 대리가 사람 관리를 제대로 못하면 다음 모임은 저 네일샵에서 할 수 있어."

최성욱은 탐색하듯이 가늘게 뜬 눈으로 김두만을 쳐다봤다. 두 사람 사이에 팽팽함을 느낀 면접자들은 입을 꾹 다물고 있었다. 마음을 결정한 최성욱이 입가에 의미심장한 미소를 지었다.

"방금 협박, 통했어요. 말 하나 행동 하나까지 조심할게요."

"이래서 보증이 무서운 거야. 가장이 보증을 잘못 서면 가족들이 피곤해."

김두만이 면접자들을 둘러보며 말을 이어갔다.

"정규직이 땡기는 사람은 이력서랑 등본, 통장 사본을 회사 메일로 보내. 안 땡기는 사람은 최 대리를 위해 조용히 살고."

아무 감정도 섞이지 않는 단조로운 말투였다. 그러나 그 말투가 무서웠는지, 반론을 제기할 수 없어서인지 면접자들은 잠자코 앉아만 있었다.

***

면접을 끝낸 김두만은 도넛 가게에서 이선경을 만났다. 평소라면 도넛도 같이 샀을 테지만 길게 앉아 있을 생각이 아니었다. 그는 커피를 천천히 마시며 맞은편에 앉아 있는 이선경을 바라봤다. 이선경은 태블릿으로 문서를 읽고 있었다. 그녀가 아랫입술을 살짝 깨물었다. 뭔가에 집중할 때 나오는 버릇이었다. 지금쯤이면 다 읽었겠지, 그런 생각을 하면서 김두만은 손에 쥔 커피잔을 테이블 위에 내려놓았다.

"최 대리가 데리고 온 덕규는 대리점에서 휴대폰을 팔았고, 나영이와 수진이는 콜센터에서 일했고."

김두만이 뒷조사 내용을 요약해서 말했다. 그가 이선경의 반응을 살폈다. 이선경은 가볍게 고개만 끄덕였다. 그러고는 테이블 위에 태블릿을 내려놓았다. 태블릿 화면으로 김나영의 이력서가 보였다. 이선경은 김나영의 증명사진을 바라봤다. 입가에 미소를 띤 아나운서 지망생의 전형적인 증명사진이었다.

"폰팔이에 콜센터에…. 프로필이 약하네요."

"셋 다 인서울이야. 가르치면 일 잘할 관상이고, 뺀질이는 없어."

김두만이 자신 있게 말했다. 서울 소재 대학을 나왔고, 사람을 상대하는 일에 종사했고, 적성에 맞지 않는 월급이 적은 일을 했다. 그는 면접자들의 프로필과 상황이 마음에 들었다. 그러나 이선경은 고민하는 눈치였다.

"하나리서치 직원 채용 원칙은 서로 모르는 사이여야 한다는 건데…."

"최 대리랑 같은 콜센터에서 일했대. 입사 동기라 지금도 연락하고 지내는 사이래. 다 콜 성적이 좋았고."

이선경은 입을 열려다 생각을 고친 듯 입을 꾹 다물었다. 그러고는 뭔가 회상하는 표정을 지었다.

"퇴사 후에도 연락을 하고 지낸다?"

"가까운 사이라 팀워크도 좋고 실적도 좋을 거야."

"쓸려면 같이 쓰고, 버리면 같이 버린다?"

이선경이 혼잣말하듯 중얼거렸다. 그녀는 머리가 무거워져 얼굴을 찡그렸다. 그 얼굴을 보니 김두만은 말을 걸 수 없었다. 그때 이선경은 마음을 결정했다는 눈빛으로 김두만을 쳐다봤다.

"개인 플레이에서 팀플로 바꿀게요."

"아하, 공. 생. 공. 사. 잘되면 같이 한 방, 잘못되면 같이 깜빵. 경찰에 검거됐을 때 직원 선에서 꼬리 자르기 좋고, 우리는 튀고."

김두만이 말을 멈췄다. 넌지시 이선경에게 물었다.

"매뉴얼은 다 썼어?"

"네에."

"얼마짜리?"

"30억."

이선경이 부드러운 목소리로 대답했다 그러나 까만 눈동자는 마음속 흥분을 말해주듯 강하게 빛나고 있었다.

김두만은 얼굴에 아직 어린 티가 가시지 않았지만 이선경의 능력에 베팅했다. 그는 30억이라는 돈을 생각하니 기쁘다는 듯 잇몸을 드러내며 웃었다.

6장
테스트

하나리서치 영업 준비의 시작은 상담원 교육이었다. 콜부스 앞에 최성욱, 오덕규, 김나영, 이수진이 나란히 서 있었다. 김두만은 첫 출근한 상담원들을 집합시킨 후 태블릿을 1대씩 나눠줬다.

"화면 봐."

김두만의 지시에 따라 상담원들은 손에 쥔 태블릿에 집중했다. 태블릿 바탕화면에 은행 대출, 금융감독원, 형사 합의금, 대기업 신입사원, 사립고 정년퇴직자 등 다양한 폴더가 있었다. 태블릿을 보는 상담원들의 눈이 바쁘게 움직였다.

그때 김두만이 입을 열었다.

"보이스피싱 매뉴얼이 참 많지? 다들 인서울이니까 머리는 나쁘지 않을 테니 머릿속에 잘 넣어둬. 화면 아래쪽에 신입사원이라고 새로 만든 폴더가 있어."

최성욱이 태블릿 바탕화면 맨 아래쪽에 있는 신입사원 폴더를 터치하자 그 속에 최성욱, 오덕규, 김나영, 이수진 파일이 있었다.

"직장 동료가 어느 초등학교를 졸업했는지, 통장에 얼마가 있는지, 부모 형제는 살아 있는지 가족 관계까지 나와 있어. 잘 보고 외워둬."

그 말이 끝나기도 전에 오덕규는 자신의 폴더를 터치했다. 폴더 안에 사진 파일이 보이자 재빨리 확인했다. 누나 결혼식 때 촬영한 가족사진이었다. 오덕규는 잔뜩 인상을 쓴 얼굴로 김두만을 바라봤다. 그러고는 태블릿을 흔들어 보이며 따지듯 물었다.

"우리 가족사진은 왜 있어요?! 다른 사람들 껀 왜 외워야 하는데요?!"

김두만이 오덕규 앞에 섰다. 그는 아무 말도 하지 않고 오덕규의 얼굴을 뚫어져라 쳐다봤다. 오덕규는 턱까지 들면서 시선을 피하지 않았다. 김두만이 귀엽다는 듯 오덕규의 턱을 만지며 말했다.

"뒤통수 방지용. 뒤통수치는 날엔 부모 형제 잃고 고아 되는 거야."

차분한 말에 힘이 있었다. 김나영은 마치 얼어붙은 듯 그 자리에서 움직이지 못했다. 이수진은 처량한 표정으로 고개를 숙였다.

김두만은 오덕규의 손에서 태블릿을 낚아챘다. 그는 태블릿을 보면서 아이에게 책을 읽어주듯 차근차근 말했다.

"덕규는 푸드트럭 사업이 망해 폰팔이에 뛰어들었고, 나영이는 아나운서 시험을 준비하면서 알바로 콜센터에서 근무했고, 수진이는 콜센터 재계약에 실패해 새 직장을 구하는 중이고…. 직장 동료의 아픔을 알게 되니 얼마나 좋아?"

그는 태블릿에서 시선을 떼 상담원들을 바라봤다. 그의 차분한 모습이 오히려 위압감을 줬다. 상담원들은 기가 죽은 듯 입을 다물었다.

최성욱은 살짝 인상만 썼고, 오덕규는 바닥을 향해 한숨을 내쉬었고, 김나영은 뭔가 말하고 싶은 눈치였지만 가만히 있었고, 이수진은 생기 없는 건조한 입술을 깨물었다. 그 반응들을 김두만은 흡족한 표정으로 바라봤다.

"이것으로 신입사원 연수 끝. 이제부터 실전이야. 각자 자리로."

그러면서 콜부스에 앉으라고 손짓했다.

"나영, 수진은 콜."

그 손짓에 따라 김나영과 이수진은 뒤돌아섰다. 곧바로 각자 이름표가 붙은 자리에 앉았다. 두 사람은 익숙한 동작으로 헤드셋을 착용했다. 일반 콜센터를 그대로 옮겨놓은 듯한 곳이라 낯설지 않았다. 콜 준비를 하는 것을 본 후 김두만은 최성욱에게 시선을 던졌다.

"최 대리는 현장. 포병으로 만기 전역했지?"

"네에. 다시 입대해야 하는 건 아니죠?"

최성욱은 무거운 분위기를 바꾸기 위해 가볍게 물었다.

"비슷해."

오덕규는 김두만의 지시가 없었는데 자기 이름표가 붙은 콜부스에 앉았다. 이미 나쁜 생각은 머릿속에서 쫓아냈는지 표정이 밝았다. 마치 PC방에 놀러온 학생처럼 즐거워했다. 그는 모니터와 키보드가 마음에 들어 손뼉을 치더니 두 손까지 비볐다.

"뭐부터 하면 돼요?"

김두만이 귀찮다는 듯 최성욱에게 손짓했다.

"최 대리, 저 물건 데리고 나가!"

"어? 뭐야? 나 상담원 아니에요?"

김두만은 손에 쥔 태블릿을 보며 생각에 잠겼다. 그는 오덕규가 폰팔이 경험이 있지만 상담원이 어울린다고 생각했다. 그러나 이선경의 생각은 달랐다.

새로운 매뉴얼을 받았을 때 김두만은 이해되지 않은 부분이 있었다. 그것을 해결하기 위해 이선경을 찾아갔다. 그는 손에 쥔 태블릿을 이선경 앞에 내려놓으며 말했다.

"이건 현장 근무 테스트잖아. 쟤 현장 내보내려고?"

이선경은 책상 앞에 앉아 심드렁하게 모니터만 바라봤다.

"내근직보다 변수가 많은 게 외근직이에요. 대표님 눈으로 판단해주세요. 유인책부터 감시책까지 다 시킬 수 있는지. 남친을 군대 보낸 여자들 카페에서 호구를 찾았어요."

김두만은 태블릿 화면을 터치했다.

"호구가 어리잖아. 코 묻은 돈은 좀 그런데."

태블릿 화면에 문서파일이 열려 있었다. 이은정 프로필 사진, 1999년생…. 대학교, 연락처, 집 주소까지 기록되어 있었다. 이선경은 문서파일에 눈길도 주지 않고 말했다.

"대표가 직원들 월급 주려면 호구를 가리면 안 되죠. 직원은 월급 받으려면 호구 입에 있는 사탕도 빼먹어야죠."

김두만은 프로필 사진을 손가락 끝으로 톡톡 두드렸다.

"왜 얘야?"

"세상 물정 모르는 착한 여대생이니까. 이 바닥에서 먹고 살려면 죄책감 없이 일을 해야죠. 현장 직원이 호구 얼굴 보고 마음이 약해지면 명품 매뉴얼도 쓰레기가 돼요."

이선경은 말을 멈춘 뒤 프로필 사진을 내려다봤다.

"내 매뉴얼대로 해요. 사랑이 돈을 만들어줄 거예요."

그녀가 확신에 찬 목소리로 말했다. 김두만은 반신반의했지만 끝까지 미소를 잃지 않았다.

***

가방을 멘 이은정이 아파트 정문을 빠져나왔다. 단발머리에 동그란 얼굴, 동그란 눈을 가진 무척 귀엽게 생긴 대학생이었다. 아파트 정문이 보이는 지상 주차장 쪽에 소나타가 정차해 있었다. 이은정의 얼굴을 확인한 오덕규가 조수석에서 내렸다. 그는 운전석에서 내리는 최성욱에게 말했다.

"완전 애네. 중학생 같은데."

"대학생이야. 만 20세 성인. 가자."

그 말과 함께 재빨리 움직였다. 지상 주차장을 가로질러 이은정에게 다가갔다. 작은 체구에 맞지 않게 이은정의 걸음이 빨랐다. 그녀를 놓칠 것 같자 최성욱이 외쳤다.

"이은정 씨!"

그 소리에 이은정이 멈춰 섰다. 그녀가 고개를 돌리는데 그 앞에 최성욱과 오덕규가 서 있었다. 두 남자의 등장에 이은정이 흠칫 놀랐다. 그녀는 한 걸음 물러서더니 경계하는 눈빛으로 두 남자를 바라봤다. 최성욱이 헌병 신분증을 내밀었다.

"이은정 씨, 신준호 이병의 여자친구 맞으시죠?"

"네에…."

대답하는 이은정의 얼굴이 창백해지기 시작했다.

세 사람은 아파트 단지 앞 패스트푸드점으로 자리를 옮겼다. 이른 시간이라 매장 안에는 손님이 없었다. 구석 자리에 앉은 이은정이 말도 못 하고 창백한 얼굴로 숨만 쉬었다. 매장 안이 너무 조용해 그녀의 숨소리까지 들렸다. 맞은편에 앉아 있는 최성욱은 걱정됐다. 아직 시작도 하지 않았는데 이렇게까지 겁을 먹다니, 그렇다고 일을 멈출 수 없었다. 오덕규가 빨리 하라고 눈짓하자 최성욱이 말했다.

"시간이 없으니 본론으로 들어가겠습니다. 신준호 이병은 탈영을 했습니다. 산불 진화 작업에 투입된 이후 부대로 복귀하지 않은 지…."

최성욱이 슬쩍 손목시계를 보며 말을 이어갔다.

"15시간 32분이 지났습니다."

구체적인 시간을 말하자 이은정은 겁먹은 아이로 바뀌어 있었다.

"진, 진짜 탈영했어요?"

그녀가 얼빠진 목소리로 되물었다.

"네에. 탈영 맞습니다."

최성욱은 이은정을 뚫어지게 쳐다봤다. 이젠 매뉴얼대로 더 몰아붙인다, 암기한 내용을 떠올리며 말했다.

"신준호 이병에게 전화, 문자, SNS 메시지, 이메일로 연락이 왔습니까?"

질문을 던지는 최성욱의 눈빛이 날카로워져 있었다. 당황한 이은정은 잠시 최성욱을 쳐다봤다.

"아니요."

그렇게 말하는 이은정의 얼굴이 살짝 굳었다. 그것을 놓치지 않으려는 듯 최성욱의 눈이 번쩍 빛났다.

"이은정 씨, 신준호 이병을 숨겨주면 범죄자 은닉죄가 됩니다."

"오빠한테 연락 안 왔어요. 진짜예요."

이은정이 믿어달라는 눈빛을 보냈다. 그러자 최성욱은 사람을 어르듯 부드럽게 말했다.

"전 이은정 씨를 믿습니다."

그는 오덕규에게 눈짓했다. 그 신호에 오덕규가 주머니에서 카드 지갑을 꺼냈다.

"신준호 이병한테 연락 오면 이 번호로 연락 주세요."

오덕규가 절도 있는 동작으로 이은정 앞에 명함을 내려놓았다. 이은정이 더 핏기가 사라진 얼굴로 명함을 내려다봤다. 부대 마크와 연락처가 있는 명함이었다. 더욱더 창백해진 이은정을 보며 오덕규는 느물느물 입가를 치켜올렸다. 그것을 본 최성욱이 미간을 찌푸렸다. 따끔한 경고를 받은 사람처럼 오덕규가 입가에서 미소를 지웠다. 최성욱이 망연자실한 모습으로 명함만 쳐다보고 있는 이은정에게 시선을 옮겼다.

"신준호 이병이 체포되면 군 재판을 받아야 합니다. 군형법을 어겼으니 군 재판을 피할 수 없습니다. 신준호 이병이 걱정되시죠?"

"네에…."

"군 재판을 받기 전에 변호사를 선임해야 신준호 이병에게 유리한 결과가 나옵니다. 선임비로 부가세 포함 110만 원이 필요합니다."

"제가 대학생이라 돈이…."

예상했던 반응이었다. 최성욱이 이은정을 빤히 바라봤다. 그러고는 방금 전과 달리 몰아붙이듯 말했다.

"110만 원 때문에 남자친구를 영창에서 썩게 만들 겁니까? 영창에 구금된 기간만큼 남자친구의 전역이 늦어집니다. 영창 구금 기록까지 남아 구직 활동에 불이익을 받게 됩니다."

이은정의 눈동자가 흔들렸다. 그것을 놓치지 않은 최성욱이 목소리를 낮췄다.

"지금은 남자친구만 생각하세요. 남자친구를 위한 가장 좋은 방법이 무엇인지만 생각하세요."

이은정이 눈을 내리뜨고 잠시 뭔가를 생각했다. 조금 벌어진 입술 사이로 작은 목소리가 새어나왔다.

"네에…."

구경만 하던 오덕규는 이은정의 촉촉한 눈을 보자 미안한 마음이 솟구쳤다. 이미 이은정은 덫에 걸렸다. 손에 쥘 110만 원을 생각하니 금세 미안한 마음이 사라졌다. 이제 내 차례다!

"신준호 이병에게 연락이 오거나 찾아오면 감춰줄 생각하지 말고 즉시 명함에 적힌 번호로 연락 주세요."

오덕규가 절도 있게 손을 뻗었다. 그러고는 이은정 앞에 내려놓았던 명함을 뒤집었다. 명함 뒷면에는 계좌번호가 써 있었다. 최성욱은 매뉴얼대로 계좌번호를 쳐다본 후 고개를 들어 이은정의 눈을 바라봤다.

"정말 신준호 이병을 사랑한다면 계좌로 변호사 선임비를 입금하세요. 탈영 사건이니 헌병과 만났다는 사실을 신준호 이병과 주변 사람들에게 알리지 말아야 합니다. 명심하세요."

"네에, 알겠습니다…."

이은정이 결심한 듯 고개를 끄덕였다. 피싱이 성공했다 생각한 최성욱이 오덕규를 바라봤다. 그 시선에 답하듯 오덕규의 입가에 희미한 미소가 떠올랐다.

＊＊＊

이선경이 만든 사기 매뉴얼에 따라 외근직의 직업이 바뀌었다. 외근직이 호구를 속이기 위해서는 신원 증명을 확실히 해야 했다. 그래서 브험조사원 명함, 금융감독원, 검찰, 경찰 신분증, 은행 사원증은 실물과 똑같았다.

공원에서 호구를 만날 때 감시책 역할을 하는 오덕규는 주위를 살폈다. 그러는 사이 금융감독원 직원으로 위장한 최성욱이 스마트폰 화면을 보여주며 위급한 상황을 설명했다.

보험사 직원이 된 최성욱이 보험 증서를 노인에게 보여주며 꼭 사인을 해야 한다고 설득했다. 그러면서 여기에 사인을 하라는 듯 스마트폰을 내밀었다. 얼이 빠진 노인은 손을 들었다. 덜덜 손만 떨 뿐 사인을 하지 않자 오덕규가 노인 옆에 섰다. 그는 노인의 팔을 잡아 스마트폰 쪽으로 움직였다. 등이 떠밀리듯 노인은 스마트폰 화면에 손가락 끝으로 사인을 했다.

은행 영업점 안, ATM 앞에 고등학생 티를 벗지 못한 여성이 서 있었다. 그녀는 휴대폰으로 통화를 하면서 ATM 스크린을 터치했다. 그러자 5만 원권으로 100만 원이 인출됐다. 재빨리 100만 원을 꺼낸 여성은 뒤에 서 있는, 은행 직원 최성욱에게 돈을 건넸다.

지하철역 출구를 빠져나온 남성 호구가 주위를 두리번거렸다. 호구는 검사 최성욱이 다가오자 손에 쥐고 있는 가방을 넙죽 건네줬다. 최성욱이 가방을 열어 안을 살펴보니 안에 5만 원권으로 600만 원이 들어 있었다. 확인을 끝낸 최성욱은 이제 걱정하지 말라며 남성을 안심시켰다.

매뉴얼에 따라 외근직이 인출과 수거까지 끝냈다. 이렇게 호구의 돈을 수거하면 종착지는 하나리서치였다. 회의실 테이블 위에 쇼핑한 것처럼 종이백이 하나둘 늘어났다.

하루 근무를 마감한 최성욱은 테이블 옆에 섰다. 종이백에서 돈을 꺼내 지그시 바라봤다. 이 돈을 벌기 위해 무슨 짓을 했는지 기억을 지워나갔다. 머릿속을 비워야 내일도 일을 할 수 있었다.

오덕규는 돈가방에서 돈다발을 꺼냈다. 돈다발에 코를 갖다 대 크게 숨을 들이마셨다. 돈 냄새를 맡자 기분이 좋아졌다. 호구의 돈이 차곡차곡 쌓이는 만큼 내 앞으로 떨어지는 돈도 많아지네, 그 생각까지 더해지자 미소가 입에서 떠나지 않았다. 그 기세로 종이백과 돈가방에서 돈을 꺼냈다. 그것들을 미친 듯이 테이블 중앙으로 모았다. 오덕규는 피라미드를 닮은 현금 탑을 만들고 뿌듯해했다. 뒤늦게 나타난 김두만은 흐뭇한 표정으로 테이블 위 현금 탑을 바라봤다. 그러고는 맞은편에 서 있는 최성욱과 오덕규에게 가볍게 박수를 쳤다.

"일당백이야. 내년에 강남 빌딩 사겠어."

김두만이 좋은 패를 쥔 타짜처럼 현금 탑에 손을 갖다 댔다. 그러고는 현금의 절반을 최성욱과 오덕규 쪽으로 밀어놓자 두 사람 쪽으로 현금 탑이 무너져 내렸다. 김두만이 멀뚱히 서 있는 최성욱과 오덕규에게 외쳤다.

"보너스!"

"잘 먹겠습니다!"

오덕규가 환호했다. 그의 눈에 무너져 내린 현금 다발들이 반짝반짝 빛나 보였다. 왜 절반이나 주는 걸까? 최성욱은 웃고 있었지만 미심쩍은 마음이 가슴속에 자리 잡았다.

7장
새 매뉴얼

 퀵맨을 통해 이선경에게 스포츠백이 배달됐다. 오피스텔에 도착한 이선경은 테이블 위에 스포츠백을 올려놓았다. 지퍼를 열자 5만 원권 현금 돈다발이 드러났다. 그녀는 돈을 확인한 후 김두만에게 전화를 했다.

 "현장 테스트는 끝났고, 이제 새 매뉴얼을 피칭할 차례예요."

 현장 테스트 평가는 A+였다. 그래서 새 매뉴얼을 공개할 시기를 앞당겨야겠다고 판단했다. 신입 사원들은 좋은 원석이었다. 연마를 못하면 그냥 돌멩이일 뿐이지만 실제 현장에서 보여준 실력을 보면 보석이 될 가능성이 높았다.

 한밤중 이선경은 하나리서치에서 김두만을 만났다. 어두운 하나리서치 사무실, 빔 프로젝트에서 나온 빛이 깨끗한 벽에 투사됐다. PPT 화면 옆에 이선경이 섰다. 김두만은 테이블 위에 걸터앉아 PPT 화면을 바라봤다. 늦은 시간이라 머리가 무거워지고 하품까지 나왔다. 그의 집중력을 높이기 위해 이선경은 유쾌한 목소리로 말하며 몸을 앞으로 내밀었다.

"새 매뉴얼은 총 5차로 구성했어요."

김두만이 PPT 화면을 바라봤다. 정수식품 회사 로고, 사무실 내부 사진이 나타났다. 이선경이 설명을 시작했다.

"선수는 하나리서치, 호구는 정수식품이에요."

호구가 정수식품? 김두만은 흥미롭고 구미가 당긴다는 표정으로 PPT 화면에 집중했다.

"1차 초급, 정수식품 고객 리스트에 있던 사람들을 노린다."

고객 리스트가 띄워지고, 타깃에 빨간색으로 표시가 되었다.

"2차 중급, 정수식품에 보이스피싱을 당했던 사람들을 노린다."

두 번째로 보이싱피싱 피해자 이름들이 나오고, 거기에 외근직에게 사기를 당한 피해자들의 현장 사진들까지 더해졌다.

"3차 고급, 정수식품 관계자 가족을 노린다. 탈탈 털 거예요."

세 번째로 박 이사와 박 이사 아내, 정수식품 임원진 사진들이 나왔다. 정수식품 민 사장과 아들 민동현의 사진까지 나오자 김두만은 이선경의 화살이 어디를 향해 있는지 눈치챘다. 흥미로워하던 표정이 사라진 김두만이 걱정스러운 얼굴로 이선경을 살폈다. 그 시선을 느끼지 못한 이선경은 PPT 화면 속 민동현을 바라봤다.

이선경은 정수식품 관계자 사진을 보자 자신을 경멸했던 박 이사의 얼굴이 머릿속에 떠올랐다.

"4차 지옥, 정수식품 금고를 턴다."

그녀는 네 번째로 정수식품 로고와 금고 사진이 나온 PPT 화면을 보며 말했다.

"5차 천국, 돈을 갖고 해외로 튄다."

그다음 다섯 번째로 세계 지도가 나타나고, 그 위로 비행기가 한국에서 아프리카와 남미로 날아갔다.

5차까지 설명을 들은 김두만의 마음이 무거워졌다. 그런 감정이 고스란히 얼굴에 드러났다.

"범죄인인도조약이 안 된 천국으로 가야죠. 정수식품을 턴다고 범죄가 성립되지는 않겠지만."

이선경의 설명이 끝났다. 김두만이 테이블 위에서 내려와 벽에 설치된 전등 스위치를 눌렀다. 그 뒷모습에 더 이상 대화를 거부하는 기운이 느껴졌다. 그 기운을 몰아내기 위해 이선경이 부연 설명을 했다.

"2차 중급까지 통과한 신입사원과 함께 3차 고급을 시도할 거예요. 3차로 정수식품 금고가 어디에 있는지 알아내고."

"정수식품 금고가 있긴 해?!"

뒤돌아선 김두만의 목소리가 날카로웠다. 본인은 그런 뜻이 아니었겠지만 이선경은 야단맞는 기분이 들었다. 그녀는 내색하지 않고 차분하게 말했다.

"한국 지사가 갑작스레 털렸잖아요. 돈을 중국으로 보낼 시간이 없었어요."

"어차피 뒤통수쳤으니, 이젠 지갑까지 털겠다?"

"인생은 돈 먹고 돈 먹기. 내가 먹으면 내 거예요."

"말이 좋아 금고지. 사기 친 돈을 땅에 묻었는지, 장독에 넣었는지, 컨테이너에 숨겨뒀는지 어떻게 알고 찾아내?"

김두만이 걱정스레 물었다. 이선경이 손짓으로 됐다는 뜻으로 전하고 나서 책상 쪽으로 걸어갔다.

"그걸 알아내려고 3차에서 정수식품 호구를 터는 거죠. 매뉴얼은 완성했고, 매뉴얼대로 호구를 털고."

이선경이 책상 위에 놓여 있는 태블릿을 들어 보였다.

"해피엔딩."

김두만은 의식적으로 감정을 억누르고 부드럽게 말했다.

"안 해피해."

김두만은 태블릿을 달라고 손을 내밀었다.

"매뉴얼 보여줘. 디테일을 알아야 선수로 뛸지 도망갈지 판단하지."

이선경은 동요하지 않고 침착하게 말했다.

"새 매뉴얼은 공유하지 않을 거예요. 1차, 2차, 3차 단계마다 알려줄게요."

그녀는 눈꼬리에 친절한 웃음을 머금었다.

"보안을 위해서."

김두만은 피로감이 몰려와 눈가를 지그시 눌렀다.

"왜 정수식품 돈이야?"

"못 받은 인센티브를 받아야죠."

"30억짜리라며? 뽀찌 먹겠다고 판돈에 손대면 배탈 나. 정수식품 돈에 손댔다가 잘못 되면 어떻게 되는 줄 알잖아?"

말을 마치고 김두만은 깊숙이 한숨을 내쉬었다. 이선경은 5차 PPT 화면을 바라봤다.

"하이 리스크, 하이 리턴."

"손모가지 하나 짤리고 끝나지 않아. 미친 또라이 새끼들이야. 뼈까지 갈아 마실 놈들이라고."

"내가 이 바닥에서 배운 게 뭔지 알아요?"

가슴속에 검은 그림자가 덮친 김두만은 대답 없이 서 있었다. 잠시 침묵이 흐른 후 이선경이 입을 열었다.

"구라가 좋으면 살고, 구라가 나쁘면 뒈진다."

"아직 못 배웠네. 구라로 흥한 자, 구라로 망한다."

김두만은 평소와 달리 약간 토라진 말투로 툭 내뱉었다. 그 반응에 이선경은 손목을 들어 보이며 말했다.

"흥에 올인."

그 말에 못 말린다는 듯 김두만이 피식 웃었다.

"오케이. 고!"

***

　이선경은 을지로 바 창가 쪽에 섰다. 머릿속 생각을 정리하면서 무심코 창밖의 밤거리를 바라봤다. 교통신호에 따라 차들이 움직였다. 차는 빨간색 신호엔 정지, 초록색 신호엔 운행, 정해진 규칙대로 도로 위를 달렸다. 그것처럼 하나리서치 직원들은 사기 매뉴얼대로 움직여야 한다. 교통신호를 위반하면 범칙금을 내면 된다. 그러나 사기 매뉴얼은 다르다. 사기 매뉴얼에서 벗어나는 일이 발생하면 피싱 실패에서 끝나지 않는다.
　이선경이 활동한다는 사실이 정수식품 본사까지 보고될 것이다. 가만히 있을 정수식품 본사가 아니다. 서울로 직원을 보내 이선경을 쥐도 새도 모르게 죽일 것이다. 이런 생각을 하는 이선경은 마음속에 두려움이라고는 눈곱만큼도 없었다. 박 이사를 제물로 바치고 슬쩍 빠진 것처럼, 이번에도 제물로 사용할 인간들이 있었다.
　그녀가 고개를 돌려 뒤를 바라봤다. 바 앞에 앉아 있는 김두만이 바텐더 최성욱에게 뭐라고 말했다. 그러자 최성욱이 빈 잔에 잭다니엘을 따라줬다. 김두만이 최성욱과 눈을 맞추며 말했다.
　"밤엔 쉬어야지. 두 잡 뛰다 쓰러져."
　"낮엔 먹고살려고 하는 일, 밤엔 좋아서 하는 일. 취직시켜줘서 고마워요. 다들 돈이 궁했는데 이제 숨 좀 트였어요."
　최성욱이 감사의 인사를 했다. 그 말이 싫지 않은지 김두만의 입가에 미소가 떠올랐다. 그때 조용히 다가온 이선경이 김두만 옆에 앉았다. 그녀는 가벼운 손길로 김두만의 손에서 술잔을 빼앗았다.

"대표님, 금주하셔야죠. 취하면 입이 가벼워지시잖아요."

이선경이 부드러운 목소리로 말했다. 하지만 그 목소리는 순간적으로 입을 다물게 할 만큼 묵직했다. 김두만의 입술 사이로 쩝 소리가 튀어나왔다. 그는 이선경을 보며 알았다는 듯 고개를 끄덕였다. 이선경이 김두만 앞에 술잔을 내려놓았다. 그때 최성욱이 끼어들었다.

"하나리서치에서 담당하는 업무가?"

그는 하나리서치 일을 하면서 이선경의 얼굴을 본 적이 없었다. 그래서 그녀가 무슨 일을 하는지 궁금했다. 이선경은 가볍게 대답했다.

"대표님 비서."

"회사에 출근을 하지 않는 비서…. 좋네요."

"외근이 많아서."

김두만이 나이에 맞지 않는 새하얀 이를 보이며 서글서글하게 웃었다.

"최 대리, 이 과장에게 관심 끄고 애들 관리 잘해. 사표 못 쓰게."

"대표님, 일이 잘못돼서 경찰에게 잡히면 어떻게 해요?"

최성욱의 질문에 김두만이 발끈했다. 그에게 경찰에 잡힌다는 말은 세상에서 제일 재수 없는 말이었다.

"에잇, 부정 타게. 퉷!"

그는 부정을 몰아내듯 바닥에 침을 뱉었다. 말을 이어가려는데 이선경이 김두만을 팔을 잡아 말하는 것을 막았다. 그러고는 최성욱에게 말했다.

"대표님께서 좋은 변호사를 붙여줄 거야."

"대표님이 깜빵에 가면?"

"내가 붙여줄게."

"믿어야 하나? 말아야 하나?"

최성욱은 이선경이 들으라는 듯 일부러 얄밉게 말했다. 그 태도에 김두만의 얼굴이 묘하게 일그러졌다.

"믿어야지. 내가 네 대표고, 내가 망하면 너도 망하니까."

김두만이 경고하듯 말했다. 하지만 최성욱은 기죽은 기색 없이 미소를 지었다. 이선경이 최성욱에게 가볍게 질문을 던졌다.

"대표님이 왜 최 대리를 취직시켰을까?"

"경찰에 신고할까 봐?"

"손절하기가 쉬워서. 하나리서치에서 돈만 벌지 말고, 어떻게 살아남을지 시나리오 한번 짜봐."

이선경은 의미심장한 웃음을 흘리며 자리에서 일어섰다. 그 웃음에 가슴이 답답해진 최성욱이 김두만 앞에 놓인 술잔에 손을 갖다 댔다. 한 모금 꿀꺽 삼키자 피곤에 지친 몸에 차가운 잭 다니엘이 스며들었다.

***

은행 영업시간 전 하나리서치는 조회 시간을 가졌다. 각 콜부스에 김나영, 이수진, 오덕규가 앉아 있다. 그 맞은편에 서 있는 김두만이 팔짱을 낀 채 목사처럼 근엄한 표정을 지었다. 그저 바라만 보고 아무 말도 하지 않았다. 그러자 김나영, 이수진, 오덕규가 왕의 어명을 기다리는 신하처럼 김두만의 말을 기다렸다. 분위기가 잡힌 것을 확인한 김두만은 나지막한 목소리로 천천히 이야기를 시작했다.

"보이스피싱은 죄의식이 없어. 왜냐? 피해자를 만난 적이 없으니까. 그래도 마음이 싱숭생숭하면 일요일에 교회 가! 하나님 아멘 아멘 하면서 회개해!"

말하다 보니 흥이 난 김두만의 목소리가 커졌다. 어제 이선경의 말을 떠올렸다. 그녀가 알려준 매뉴얼 내용을 생각하니 기운이 넘쳤다.

"1차 초급, 공무원 학원 수강생들 중 합격 수기를 올린 사람들을 호구로 선택했어요. 호구의 욕망과 공포 중에서 공무원 합격 취소 공포를 툭 건드릴 거예요."

그 말을 듣는 순간 김두만은 흥분되고 기운이 넘쳤다. 자신의 판단 이상으로 이선경의 실력이 좋다, 바지 사장 노릇 하다가 한 몫 단단히 챙겨야겠다, 이런 생각이 머릿속에 깊숙이 박혔다.

김두만은 하나리서치 직원들에게 이선경의 매뉴얼을 신나게 떠

들었다.

"첫 번째 호구는 공무원 시험에 합격한 취준생이야. 공무원 시험에 합격해서 얼마나 기분이 좋겠어. 가만히 있어도 웃음이 나와. 하루 종일 책상 앞에 앉아 공부하지 않아도 되고, 부모님이 내 아들 내 딸 우쭈쭈하면서 좋아하고, 친구들에게 축하 메시지 받고, 월급 받으면 뭐 하지 돈 쓸 생각하고. 기쁨과 열정이 넘칠 때, 행복이 흘러넘칠 때, 똥물을 확 끼얹는 거야. 그게 우리 일이야. 시작!"

첫 번째 매뉴얼은 김나영 담당이었다. 설명을 들으면서 김나영이 태블릿 바탕화면을 봤다. 공무원 합격 폴더만 있었다. 곧바로 폴더를 터치하자 공무원 합격 매뉴얼 파일이 보였다.

그녀는 뉴스 대본 리딩 연습을 하듯 매뉴얼을 소리 내어 읽었다. 1시간쯤 연습하자 매뉴얼을 보지 않아도 자연스럽게 말할 수 있었다. 그것을 확인한 김두만이 실전에 투입시켰다.

헤드셋을 착용한 김나영이 1번 콜부스에 앉았다. 그녀는 눈으로 태블릿을 훑어보며 호구와 통화를 했다.

"방송통신위원회 웹하드 모니터링에서 이현주 씨의 영상물이 나왔습니다. 최근 웹하드에 영상물을 업로드한 적이 있으신가요?"

"아니요."

갑작스런 전화에 경계하는 듯한 이현주의 목소리가 들렸다.

"지금 문자 메시지로 영상물을 캡처한 이미지를 보내드리겠습니다."

김나영이 태블릿에서 모니터 화면으로 시선을 옮겼다. 모니터 화면에 이현주의 사진이 나타났다. 침대 위에 누워 있는 셀카, 피부가 하얗고 동그란 눈을 가진 귀여운 여성이었다. 김나영이 마우스를 클릭하자 섹스 몰카 사진과 합성한 이현주의 사진이 떴다. 폰카 느낌이 물씬 나는 합성 사진을 이현주의 휴대폰으로 전송했다.

김나영이 1번 콜부스 앞에 서 있는 김두만에게 전송했다는 신호로 고개를 끄덕였다. 그러자 김두만이 손가락을 하나씩 접으며 수를 셌다.

"하나, 둘, 셋…."

그가 열 손가락을 다 접자 이제 말하라고 김나영에게 손짓했다.

"이미지 속 여성이 이현주 씨 본인이 맞으신가요?"

김나영이 조심스레 물었다.

"네에."

이현주가 울먹이는 목소리로 대답했다. 상대방이 울먹인다? 그것은 자신이 섹스 몰카 사진의 피해자라고 생각한다는 신호였다. 내 얼굴이 맞아, 침대에서 사진 촬영한 적이 있어, 헤어진 남자친구가 촬영한 걸까…. 여러 생각이 한 번에 떠올라 머릿속이 혼란스러운 상태일 것이다.

김나영은 매뉴얼 속 지시사항을 떠올렸다. 이럴 때일수록 부드럽지만 단호한 말투로 정보를 전달해야 한다.

"본인이라는 것을 확인했으니 불법 촬영 의심 영상물로 분류하여 디지털 성범죄 전담팀 DB에 등록하겠습니다."

"그… 그럼 어떻게 되는 거예요…?"

이현주의 말끝이 흐느낌으로 변해 잘 들리지 않았다. 김나영은 호구가 애처로웠지만 흔들리면 안 돼, 하고 마음을 단단히 먹었다. 호구의 돈을 뺏기 위해서는 계속 부드럽지만 단호한 말투를 유지해야 했다.

"DB 등록과 동시에 방송통신위원회에서는 삭제, 차단 요청을 할 겁니다. 불법 촬영, 유포가 증명되면 삭제지원시스템을 통해 영상물은 삭제, 차단이 됩니다."

김나영은 말을 할수록 연기가 아니라 진짜라는 생각이 들었다. 마치 뉴스를 진행하는 앵커가 된 듯했다. 그래서 바른 자세로 앉아 또렷한 발음으로 통화했다.

"저기… 혹시… 동영상이 유포됐어요?"

이현주의 떨리는 목소리가 김나영을 현실로 돌아오게 만들었다. 그녀가 매뉴얼을 떠올렸다. 이런 경우 호구를 더 절벽으로 밀어야 한다고 메모되어 있었다.

"웹하드 모니터링으로 발견했으니 안타깝게도 유포됐을 겁니다."

"어떡해…."

헤드셋을 통해 이현주가 흐느껴 우는 소리가 들렸다. 김나영이 김두만의 지시를 기다렸다. 스피커 기능으로 이현주와의 전화 통화를 듣고 있는 김두만은 무선 이어폰에 집중했다.

"지금이에요!"

이선경의 지시가 떨어졌다.

"지금이야!"

곧바로 김두만이 김나영에게 말했다.

"이현주 씨, 주민번호 앞자리가 950727 맞으시죠?"

"네에, 맞아요."

"공무원 시험에 합격하셨네요. 불법 동영상이 유포된 사실이 알려지면…."

그때 김나영이 말을 멈췄다. 속으로 수를 세면서 모니터 화면에 떠 있는 메시지를 눈으로 읽었다. '공무원 품위 유지 의무를 어겨 공무원 합격이 취소될 수 있다.'는 메시지였다. 그녀는 메시지를 읽었다.

"공무원 품위 유지 의무를 어겨 공무원 합격이 취소될 수 있습니다."

"전 피해자라고요…. 취소는 안 돼요…."

애원하는 이현주의 목소리가 하나리서치 사무실에 울려 퍼졌다. 이젠 결승점을 앞에 두고 전력질주를 할 타이밍이었다. 김나영이 긴급 속보를 전달하는 뉴스 앵커처럼 또렷한 목소리로 말했다.

"성관계 동영상 유포와 관련된 사건이 많아 디지털 성범죄 전담팀의 심사 결과가 늦어질 수 있습니다. 삭제지원시스템을 통해 영상물을 삭제, 차단한다 해도 다른 웹하드 사이트에 유포될 겁니다. 계속 업로드되는 불법 동영상 유포를 막기 위해서는 이현주 씨가 삭제, 차단 작업 비용을 지불하셔야 합니다. 지불하시겠습니까?"

"할게요, 할게요. 얼마예요?"

이현주가 다급하게 말했다. 그녀의 목소리에는 지푸라기라도 잡고 싶은 심정이 담겨 있었다.

호구가 넘어왔다, 판단한 김두만이 차단 작업 비용을 설명하고 있는 김나영을 바라봤다. 그는 미소를 지으며 흡족해했다.

두 번째 호구 매뉴얼은 이수진과 오덕규 담당이었다.

"호구는 아들을 서울로 보낸 엄마. 애지중지 키운 아들을 보호하기 위해서 못 할 일이 없어."

2번 콜부스 앞에 서 있는 김두만의 설명이 길어졌다. 지루함을 느낀 오덕규는 불쑥 하품이 튀어나와 시야가 눈물로 흐릿해졌다. 그것을 들키지 않으려고 고개를 숙인 채 태블릿 바탕화면을 봤다. 그곳에는 몰카 현행범 폴더만 있었다.

그 시각 최성욱은 여의도 설렁탕집에 있다. 점심시간이라 실내는 손님으로 꽉 차 시끄럽고, 직원들도 정신이 없다. 최성욱은 휴대폰을 보는 척하면서 이승호가 어디에 있는지 위치를 확인했다.

입구 닿은편 테이블에 이승호가 앉아 있다. 프로필은 28세였는데 깡마른 체구에 검게 그을린 얼굴이라 10년은 더 늙어 보였다. 땀을 뻘뻘 흘리며 밥을 떠먹던 이승호가 설렁탕 그릇을 입에 갖다 댔다. 그가 뚝배기를 들고 국물을 꿀꺽꿀꺽 마실 때 그 옆을 최성욱이 지나갔다. 그러면서 테이블 끝에 놓인 이승호의 휴대폰을 슬쩍했다. 최성욱은 식당 직원에게 화장실 위치를 물어보고 화장실을 가는 척하면서 설렁탕집을 빠져나왔다. 그는 밖으로 나오자마자 이승호의 휴대폰 전원을 껐다.

헤드셋을 착용한 이수진이 2번 콜부스에 앉아 있다.

[OK]

최성욱의 문자를 받은 그녀가 이승호의 전화번호로 전화를 걸었다. '고객님의 전화기가…' 안내 음성이 나오자 큰소리로 말했다.

"휴대폰 전원 꺼졌습니다!"

그 신호에 3번 콜부스 오덕규가 재빨리 헤드셋을 착용하고 전화를 걸었다. 세 번 신호음이 가고 전화연결이 되자 딱딱한 말투로 말했다.

"이승호 씨 어머니 맞으시죠?"

"네에. 무슨 일로?"

"영등포 경찰서 강력계 박상원 경장입니다. 지금 아드님은 영등포 경찰서 유치장에 있습니다."

두 번째 호구는 이승호의 엄마였다. 호구가 전화를 받았으니 매뉴얼대로 통화하면 돼, 오덕규는 가볍게 생각했다. 당황부터 하는 호구라면 일이 쉽게 풀렸다. 하지만 의심이 많은 호구였다. 이럴 때를 대비해 이승호의 휴대폰을 훔친 것이었다. 호구의 의심을 줄이기 위해 아드님과 통화를 하라고 알려준 후 전화를 끊었다. 이런 경우 오래 기다릴 필요가 없었다. 아들과 전화 통화가 되지 않으면 답답하다. 어떻게 된 상황인지 알고 싶어진다.

역시 곧 호구에게서 전화가 왔고 오덕규가 받았다. 그는 태블릿을 보면서 말했다.

"아드님과 전화 통화가 안 되죠? 영등포 경찰서 유치장에 있다고 말씀드렸잖아요."

"우리 애가 왜 유치장에 있어요? 회사에 있을 시간인데."

호구는 아직 의심의 꼬리를 놓지 않았다.

"짧게 설명해드릴게요. 아드님이 출근길에… 지하철 영등포구청역 에스컬레이터에서 치마를 입은 20대 여성의 하체 일부를 몰래 촬영했어요."

"우… 우리 애는 그런 짓을 할 애가 아니에요."

호구가 떨리는 목소리로 말했다. 김두만이 강하게 밀어붙이라고 두 손으로 미는 시늉을 했다. 오덕규가 알았다는 듯 고개를 끄덕였다.

"어머니, 설명 안 끝났습니다. 끝까지 들으세요. 아드님의 불법 촬영을 목격한 시민의 신고로 현행범으로 체포됐어요. 아드님은 혐의를 부인했지만 휴대폰에서 다른 여성들의 사진까지 나왔어요. 속옷 사진이요. 그래서 아드님은 성폭력 범죄 처벌 등에 관한 혐의로 검찰에 넘겨질 겁니다."

"애 아빠가 알면 큰일 나요. 제가 지금 경찰서로 갈게요."

호구의 말이 빨라졌다. 아들이 걱정되는 마음과 남편이 알기 전에 해결해야겠다는 마음이 뒤섞였다.

"사시는 곳이 어디신데요?"

"울… 울산이요."

울산에서 서울까지 거리가 얼만데, 오덕규는 호구의 말을 듣고는 쓴웃음을 지었다. 반쯤 넋이 나간 호구에게 손을 내밀 타이밍이었다. 오덕규는 매뉴얼을 보며 말했다.

"어머니, 서울 올라오시는 건 좋은데, 먼저 피해자와 합의부터 하세요. 아드님, 여의도에 있는 대기업에 다니는 성실한 청년이잖아요. 그런데 이런 일로 앞날이 막히면 되겠어요? 서울에서 혼자 살다 보니 외로워서 실수를 한 거예요. 누구나 실수를 하잖아요."

그때 모니터 화면에 메시지가 떴다. '피해자 여성분 연락처를 알려드릴게요.'라는 메시지였다.

"피해자 여성분 연락처를 알려드릴게요. 무조건 잘못했다, 용서해달라, 합의해드리겠다… 이렇게 잘 설득해보세요. 이승호 씨가 동생 같아서 알려드리는 거예요. 이 이상은 경찰이 나설 수 없는 일이라 어머니께서 잘 푸세요. 전화 끊고 곧바로 피해자 연락처 문자로 알려드릴게요. 꼭 합의 보세요."

오덕규는 진심으로 이승호를 걱정하듯 말했다. 그 마음이 전달되는 순간 호구는 빠져나올 수 없는 덫에 걸리는 것이다. 콜을 끝낸 오덕규는 또 한 건 해냈다는 생각에 기분이 좋아졌다. 이번 일도 가볍게 해냈다는 듯 김나영에게 어깨를 으쓱해 보였다.

피해자 여성 역할을 해야 하는 이수진은 심장이 쿵쾅거리고 무릎이 후들거렸다. 상대는 이승호의 어머니, 호구였다. 눈을 가늘게 뜨고 천장을 보며 심호흡을 했다.

김두만은 얼굴에 핏기가 가신 이수진이 걱정됐다. 겁 많고 소심해 보이는 인상이 하나리서치에 가장 어울리지 않는 캐릭터였다.

그때 2번 콜부스, 전화기와 모니터 화면에 콜 신호가 떴다. 헤드셋을 착용한 이수진이 후우 숨을 고른 후 콜을 받았다.

"여보세요?"

호구가 기어들어가는 목소리로 말했다.

"안녕하세요. 이승호… 엄마 되는 사람입니다…. 경찰서에서 연락이 왔는데 제 아들이 아가씨한테 몹쓸 짓을 했다고…."

"제 번호 어떻게 아셨어요? 경찰이 알려줬어요?"

김두만의 걱정과 달리 이수진은 잘 대응했다. 진짜 피해자처럼 경계하는 감정을 잘 섞어서 말했다. 호구의 입에서 한숨이 새어나왔다. 어떻게 말을 꺼내야 할지 고민하고 있었다.

"그게…."

"어머니랑 할 말 없고요. 끊을게요."

이수진은 단호했다.

"아가씨- 아가씨-."

호구가 다급하게 불렀다. 하지만 이수진은 잠시 말을 하지 않고 시간을 보냈다. 상대방을 초조하게 만든 후 천천히 입을 열었다.

"… 말씀하세요."

"염치없지만 제 아들 좀 살려주세요. 아가씨가 원하는 대로 다 해줄게요."

이수진은 다시 한 번 말을 하지 않았다. 매뉴얼대로 5초를 기다렸다가 넌지시 말했다.

"뭘 해주실 수 있는데요…."

그 대사와 함께 호구는 덫에 걸렸다.

세 번째 호구 매뉴얼은 김나영이 담당이다. 1번 콜부스 앞에 김두만이 서 있다. 그는 김나영이 가지고 있는 태블릿을 보면서 이야기했다.

"호구는 1금융권에서 대출을 받지 못한 자영업자. 왜 대출을 못 받았겠어? 신용 등급이 낮으니까!"

매뉴얼을 확인한 김나영은 통화를 시도했다. 신호음이 들리자마자 콜에 성공했다.

"안녕하세요, 송현섭 고객님. ○○은행 신길 지점에서 대출 업무를 담당하는 김나은 대리입니다. 이번 대출 심사에서 탈락하셨지만, 고객님처럼 신용 등급이 낮은 분들에 신용 등급을 올려드리는 방법을 안내해드리고 있습니다."

"이번 달 가게 월세도 못 냈어요. 제발 도와주세요. 하루 2, 3시간밖에 못 자면서 닭 튀기고 배달하고 열심히 일합니다. 휴대폰 요금도 카드값도 연체한 적이 없는데 신용 등급이 너무 낮아요."

서러움이 담긴 목소리였다. 마음을 살짝 툭 건드리면 왈칵 눈물을 흘릴 듯했다. 그 목소리에 김나영이 매뉴얼 대사를 이어가지 못했다. 호구의 슬픔이 전해졌다. 그래서 입술을 자그맣게 움직였지만 소리는 나오지 않았다.

그때 김두만의 무선 이어폰으로 이선경의 목소리가 들렸다.

"뭐 해요?! 타이밍을 놓쳤잖아요!"

갑작스런 큰소리에 김두만이 인상을 썼다. 곧바로 그는 김나영 옆으로 다가갔다. 정신 차리라는 듯 그녀의 가냘픈 어깨를 꽉 움켜쥐었다. 그러자 김나영이 동요하는 마음을 들키지 않으려고 짧게 숨을 내쉬었다.

"여보세요? 대리님?"

호구가 전화를 끊지 않았다. 아직 기회는 살아 있다. 김두만이 한 손을 김나영의 머리가 갖다 댔다. 강제로 고개를 숙여 태블릿 화면을 보게 만들었다. 김나영이 눈을 한 번 질끈 감았다 뜨더니 매뉴얼 대사를 읽었다.

"송현섭 님이 우수한 고객님이라는 것을 알고 있어서 신용 등급을 올려드리는 방법을 안내해드리는 겁니다. 고객님께서는 제가 알려드린 방법대로만 하시면 됩니다. 그럼 며칠 후 신용 등급이 올랐다는 메시지를 받게 되고요. 고객님이 직접 신길 지점에 방문하셔서 대출을 신청하면 대출 심사를 통과하실 수 있습니다. 1년간 만기일시상환, 2년 7프로 원금균등상환, 2년부터 5년까지 원리금균등분할 상환방식으로 선택 가능합니다. 고객님, 신용 등급을 올려드리는 방법을 안내 받으시겠습니까? 고객님과의 통화 내용은 녹음되고 있으니 신중히 답변해주세요."

"네, 알려주세요 제발."

송현섭의 목소리에는 망설임이 없었다.

"신용 등급을 올리기 위해서는 고객님 계좌에 천만 원 이상의 예금이 있어야 합니다. 지금 천만 원이 없으시면 제 안내에 따라 2금융권에서 대출을 받으세요. 천만 원은 대출 심사 기간 동안만 고객님 계좌에 입금해놓고, 대출 심사를 통과하는 즉시 상환하시면 돼요."

 매뉴얼을 읽는 김나영의 발음, 속도, 음성 모두 완벽했다. 잠시 생각할 시간을 주고 물었다.

 "고객님, 이해되셨죠?"

 "네에. 계속 말씀하세요."

 그 짧은 말에 빨리 대출을 받고 싶어, 당장 돈이 필요해, 이런 절박함이 느껴졌다. 이런 호구에게는 이해하기 쉬운 동아줄만 던져주면 됐다. 대출만 받을 수 있다면 썩은 동아줄이라도 붙잡을 사람이니까.

 "이제부터 신용 등급을 올려드리는 방법을 안내해드리겠습니다. 제일 먼저 고객님께서 준비하실 건…."

 그렇게 김나영이 나긋나긋한 목소리로 호구를 무시무시한 고통 속에 밀어 넣기 시작했다.

***

 하나리서치 회의실 테이블 위에 백팩이 놓여 있다. 그것은 몸을 잔뜩 부풀린 복어를 닮았다. 최성욱은 백팩 지퍼를 내리고 그 안에서 5만 원권 현금 다발을 꺼냈다. 금세 100만 원, 10묶음이 테이블 위에 차곡차곡 쌓였다. 최성욱은 상을 받은 소년처럼 자랑스럽게 가슴을 폈다.

 "총 천만 원. 치킨집 사장이 입금한 금액이에요."

가만히 지켜보던 김두만이 테이블 옆으로 다가왔다. 테이블 위에 쌓인 돈을 보더니 그중에서 5묶음을 두 손으로 잡았다. 그리고는 콧노래를 흥얼거리며 1번 부스로 걸어갔다.

"김나영 씨."

헤드셋을 착용한 김나영의 대답이 없자, 김두만이 엷게 웃음 띤 표정으로 얼굴을 들이밀었다. 갑작스런 인기척에 깜짝 놀란 김나영이 고개를 옆으로 돌렸다. 그녀의 반응에 자신이 지나쳤다고 생각한 김두만이 뒤로 물러섰다.

"미안 미안."

별다른 반응을 하지 않고 김나영은 헤드셋을 벗었다.

"인센티브!"

김두만이 경쾌한 목소리와 함께 모니터 앞에 돈다발을 내려놓았다.

"치킨집 호구 돈이야. 천만 원에 50프로, 500만."

김나영은 돈다발에 손을 대지 않고 슬픈 눈빛으로 돈다발을 바라봤다. 슬픈 감정이 드러날까 봐 필사적으로 참는 얼굴이었다. 그 얼굴을 본 김두만이 부드럽게 말했다.

"인센티브로 500만 원을 받았어. 5만 원이 아니고. 춤을 춰도 모자랄 판에 500만 원 사기당한 사람 얼굴이야?"

김나영은 변명을 하고 싶었지만 말이 제대로 나오지 않을 것 같았다. 그래서 간단히 대답했다.

"피곤해서요."

김나영이 고개를 들자 김두만과 시선이 마주쳤다. 그는 김나영이 무슨 생각을 하는지 다 알고 있다는 듯한 눈길이었다.

"치킨집 호구가 천만 원을 갚으려면 치킨을 몇 마리 튀겨야 할까? 그런 감상적인 생각은 하지 말고 눈앞에 떨어진 인센티브만 생각해."

김두만은 더 이야기하지 않았다. 피해자를 생각하면 보이스피싱을 계속할 수 없었다. 피해자의 돈을 빼앗아야 내 배를 채울 수 있다. 여전히 김나영은 돈다발에 손을 대지 않았다. 오히려 위가 뒤집힌 듯 미간을 찌푸렸다.

2번 콜부스 이수진은 콜을 하지 않고 김나영 쪽을 바라봤다. 정확히는 김나영 앞에 놓인 500만 원 현금을 바라봤다. 저 돈이 내 꺼면 좋겠다, 눈앞에 500만 원이 보이자 가슴이 뛰었다. 김두만이 콜부스에서 몸을 돌리자, 이수진이 "대표님!" 하고 벌떡 일어섰다. 그 외침에 김두만이 멈춰 섰다.

"왜?"

그는 이수진의 시선이 돈다발에 머무는 것을 눈치챘다.

"개평 줘? 얼마?"

이수진이 쓰윽 김두만을 보더니 입을 열었다.

"저는 이 일이 좋아요. 피해자 얼굴을 보지 않고 통화해서요. 미안한 마음도 생기지 않고, 그냥 장난 전화하는 것 같아요."

그녀는 사랑 고백이라도 한 듯 얼굴을 붉혔다. 김두만은 현금 다발을 들어 보이며 말했다.

"나도 이 일을 좋아해. 현찰 비즈니스라."

"큰 건은 저한테 맡겨주세요! 매뉴얼대로 잘할게요!"

이수진이 힘을 줘서 말했다. 눈에 생기까지 서려 있었다.

"그래 열심히 해. 인센티브 많이 받아가야지."

김두만은 웃는 얼굴로 대충 때우고 회의실로 갔다. 이수진은 마음속에 있던 말을 다 꺼내놓아 심장이 두근두근 요동쳤다. 그런 그녀를 김나영이 생각이 많은 얼굴로 바라봤다.

"진짜 장난 전화 같아?"

"응. 그렇게 생각하니까 일이 재밌어. 인센티브도 더 많이 받고 싶고."

이수진의 까만 눈동자가 마음속 흥분을 말해주듯 강하게 빛났다.

"넌 좋겠다. 단순해서."

김나영은 깊은 한숨을 내쉬었다.

***

실내등을 켜지 않고 블라인드까지 내린 오피스텔은 암실처럼 어둡다. 이선경은 배고프지 않았다. 저녁도 먹지 않고 책상 앞에 앉아 감시 모니터로 2번 콜부스를 지켜봤다. CCTV 녹화 영상이다.

그녀는 상담원 이수진을 더 자세히 보고 싶어 모니터 영상을 확대시켰다. 화질은 흐려졌지만 이수진의 표정을 볼 수 있었다. 일하는 게 즐겁다는 듯 이수진의 얼굴에서 웃음이 떠나지 않았다.

"어디서 많이 본 얼굴 아니에요?"

맞은편 테이블에서 돈 계산을 하고 있던 김두만이 고개를 들었다. 뭔가 싶어 자리에서 일어나 이선경 옆으로 다가갔다. 그가 감시 모니터를 보자 앳된 얼굴의 이수진이 열심히 콜을 하고 있었다.

"닮았어. 콜부스에서 영업 실적 1위 찍던 누구랑."

그러고는 이선경을 바라봤다. 그의 목소리에는 부드럽고 다정한 빛이 깃들었다. 이선경은 웃음을 가득 담은 눈빛으로 김두만을 바라보며 말했다.

"그땐 돈독이 올랐었죠."

"지금은 아니고?"

김두만이 가볍게 농담을 하고 다시 감시 모니터를 바라봤다. 즐거운 표정으로 콜을 하는 이수진에게 시선이 멈췄다.

"저 눈빛이면 보이스피싱으로 애비 애미도 털어먹겠어."

"뽕쟁이는 주사기만 봐도 심장이 벌렁벌렁거린다잖아요. 이수진은 070 발신번호만 봐도 찌릿찌릿할걸요?"

"관상이 좋아. 하나리서치 에이스로 키워봐."

김두만이 진지하게 말했다. 그 말은 들은 이선경은 턱을 쓰다듬으며 한참 동안 골똘히 생각에 잠겼다.

8장
호구들

하나리서치 영업시간 전에 김두만이 콜부스 앞에 섰다. 그 옆에 화이트보드가 놓여 있다.

"화이트보드에 집중!"

그 외침에 콜부스에 앉아 콜 준비를 하던 김나영, 이수진, 오덕규가 화이트보드를 바라봤다. 화이트보드에 1차 보이스피싱 피해자들의 개인정보, 전화번호 뒷자리, 금액이 써 있다.

'취준생 0492: 1,000만 원, 여대생 2593: 700만 원…'

김두만이 화이트보드를 가볍게 두드리며 말했다.

"1차 호구는 애들 장난이었고, 이제부터 판돈이 커져."

귀를 쫑긋 세우고 있던 이수진이 기대하는 눈빛으로 물었다.

"2차는 누군데요? 부자예요?"

"부자 돈 빼먹기가 세상에서 제일 어려워. 오히려 새마을금고나 수협을 터는 게 쉬운 거야. 이제 일해야지?"

김두만이 화이트보드를 뒷면으로 돌렸다. 그러자 화이트보드가 빙그르 돌아가면서 뒷면이 드러났다. 정수식품 피해자들의 나이, 직업, 전화번호 뒷자리, 피해 금액이 써 있다.

"2차 호구는 이미 한 번 털렸던 호구야."

화이트보드 뒷면을 본 오덕규가 고개를 절레절레 흔들었다.

"한 번 당한 사람이 또 당하겠어요?"

그 말이 비아냥처럼 들린 김두만은 짜증이 얼굴에 드러나지 않도록 밝게 말했다.

"여자한테 한 번 차였다고 또 안 차여?"

"나야 차일 일이 없죠. 워낙 위아래로 훌륭하니까."

오덕규가 자신감 넘치는 표정으로 대답했다. 그 말에 김두만이 심술궂게 웃으며 말했다.

"원래 호구는 자기가 호구인 줄 몰라. 2차 호구는, 한 번 당했으니 또 당하지 않아! 절대 안 당해!"

그는 손가락 끝으로 관자놀이를 누르며 덧붙였다.

"…라는 생각이 머릿속에 박혀 있어. 우린 이 생각을 비집고 들어갈 거야."

그 말에 상담원들이 고개를 끄덕였다. 김두만은 자신의 말이 받아들여졌다고 생각해 히죽 웃었다. 그러고는 이선경에게 직접 들은 매뉴얼을 떠올렸다.

"2차 호구를 공략하기 위해 기존에 사용했던 수법은 쓰지 않을 거야. 남자 호구는 여자 직원이 콜, 여자 호구는 남자 직원이 콜. 룸빵 언니들, 호빠 선수들보다 더 열심히. 자, 첫 번째…."

김두만이 빨간 보드마카로 화이트보드 위에 글씨를 썼다. 느닷없는 행동에 상담원들은 더욱더 집중했다. 김두만이 마침표를 힘 있게 찍자 빨간 글씨의 문장이 눈에 들어왔다.

[첫 번째, 호구의 마음을 위로해준다.]

2번 콜부스 이수진은 헤드셋을 착용한 채 통화하며 태블릿 속 매뉴얼을 보며 다정한 목소리로 말했다.

"○○은행 전산보안팀 김효주입니다. 김현철 고객님, 2개월 전 보이스피싱으로 피해를 본 적이 있으시죠? 그동안 은행 거래도 못 하고, 피해 금액도 보상받지 못해서 많이 힘드셨죠?"

그 옆 3번 콜부스에서 오덕규는 잠깐 뜸을 들인 뒤 입을 열었다.

"보이스피싱과 연관성이 있는 전화는 자동으로 차단시키고, 송금까지 막아주는 앱을 개발했습니다. 이 앱만 다운로드 받으면 보이스피싱 걱정은 하지 않으셔도 됩니다."

그는 호구를 걱정하는 다정스러운 말로 설명하며, 태블릿을 보고 매뉴얼을 읽었다.

"전혀 어렵지 않아요. 제 설명대로만 하세요. 쉽게 설명해드릴게요."

이수진의 설명에 따라 호구는 문자 메시지로 도착한 URL을 터치했다. 다른 호구는 오덕규의 설명에 따라 문자 메시지 링크를 터치했다. 그 순간 호구들의 휴대폰은 악성코드에 감염돼 좀비폰이 됐다. 휴대폰에 저장된 온갖 중요한 정보를 하나리서치가 이용해 가상화폐를 결제한다.

[두 번째, 호구에게 스미싱 문자를 보낸다.]

화이트보드 위에 두 번째 빨간 글씨가 쓰여 있다. 상담원들은 이선경의 매뉴얼에 따라 호구들에게 문자를 보냈다.

[보이스피싱 피해 방지를 위한 앱이 개발되었습니다. 기관사칭형, 소액결제형, 대출사기형, 납치빙자형, 메신저 피싱 등 일반 전화번호로 위장한 해외 발신번호와 인터넷 전화를 사전 차단시키며 금융감독원에 신고된 보이스피싱 전화번호와 동일한 전화, 문자를 수신하는 경우 위험 전화임을 알리는 기능을 탑재하였습니다. 피해 예방을 위해 www.onesafe.com에서 앱을 다운로드 받아 설치하세요.]

오덕규가 또 다른 호구를 상대했다. 마치 사귄 지 얼마 되지 않은 애인에게 말하는 듯했다.

"링크를 살짝 누르세요. 사이트에 접속됐어요? 그럼 우측 상단을 보세요."

그의 설명에 따라 호구는 휴대폰 문자 속 링크를 터치했다.

[세 번째, 문자에 있는 링크에 접속하게 만든다.]

화이트보드 위에 세 번째 빨간 글씨가 쓰여 있다. 이수진은 쉽고 논리적인 매뉴얼이 마음에 들었다. 그래서 콜도 편하게 했다.

"다운로드를 받고 설치하시면 완료하신 거예요."

호구가 설명을 잘 따라오자 이수진은 상큼한 목소리로 칭찬을 했다.

"잘하셨어요. 이제 보이스피싱 걱정 없이 일하시면 돼요."

1번 콜부스 김나영은 흥을 잃은 사람처럼 일할 마음이 나지 않았다. 그래서 딱딱하게 호구를 상대했다.

"다운로드 받으셨어요? 다 끝났으니 이제 모바일뱅킹도 안심하고 이용하실 수 있어요. 지금까지 ○○은행 전산보안팀 이유정이었습니다."

그녀는 전화가 끊기자마자 등받이에 기댔다. 깊은 한숨을 내쉬며 멍하니 천장을 바라봤다. 김두만은 침울한 김나영에게 신경 쓸 여유가 없었다. 콜이 끝나자마자 대포폰으로 최성욱에게 전화를 걸었다.

"최 대리, 은행으로 출근해."

그 시각 오피스텔에서 근무하는 이선경은 엔터키를 눌러 좀비 프로그램을 작동시켰다. 모니터에 은행 인터넷뱅킹 창 세 개가 떴다. 통장 잔액이 나오고, 송금 액수에 숫자를 입력했다. 숫자를 입력할수록 송금 액수가 만, 십만, 백만, 천만 단위로 커졌다.

[네 번째, 호구의 스마트폰을 좀비폰으로 만들어 돈을 출금한다.]

최성욱은 ○○은행 영업점 유리문을 밀고 안으로 들어갔다.

"출근했습니다."

그는 김두만에게 보고하고 전화를 끊었다. 그러고는 ATM에서 현금을 인출했다. 다른 ○○은행 영업점까지 돌고, 밖으로 빠져나온 최성욱은 김두만에게 전화를 걸었다.

"수금했습니다."

그는 전화를 끊고 주변을 살폈다. 미행이나 감시하는 듯한 수상한 낌새는 없었다. 긴장이 풀리자 손에 든 돈가방의 무게가 느껴졌다. 묵직했다. 그 무게에 뱃속에서부터 기쁨이 솟구쳐 올랐다.

***

하나리서치 점심시간, 회의실 문이 천천히 열렸다. 그 사이로 이수진의 밋밋한 얼굴이 보였다. 그녀가 빼꼼이 회의실 안을 들여다봤다. 테이블 위에 다 먹은 초밥 도시락이 놓여 있고, 그 앞에 김나영이 기운 없는 얼굴로 앉아 있다. 이수진이 김나영의 눈치를 살피더니 조심스레 말했다.

"나영아, 점심시간 끝났다고 대표님이 콜하래."

갑자기 벌떡 일어선 김나영이 가늘고 긴 팔을 뻗었다. 그녀의 손이 이수진의 팔을 잡아당겨 안으로 들어오게 만들었다. 그러고는 문 밖을 살피더니 조심스레 문을 닫았다. 문을 등지고 선 김나영이 이수진을 쳐다봤다. 그녀는 어깨를 움츠린 채 자신을 멀뚱멀뚱 바라보는 이수진에게 물었다.

"넌, 이 일이 재밌어?"

"응. 왜?"

당연한 걸 왜 물어보냐는 눈빛이었다. 그 태도에 김나영은 조용히 미소 지었다. 하지만 눈빛에는 전혀 웃음기가 없었다.

"피해자 생각은 안 나?"

그 질문에 이수진은 냉랭하게 대답했다.

"어차피 모르는 사람이잖아. 생각한다고 달라지는 게 있나?"

그 반응에 당황한 김나영은 뭔가를 말하려다가 자조하듯이 웃었다. 이미 알고 시작한 일이다, 피해자보다 돈을 보고 하는 일이다, 그 생각을 하자 입술이 파르르 떨렸다. 잠시 침묵이 흘렀다. 저도 모르게 고개를 숙인 김나영이 힘 빠진 목소리로 말했다.

"나… 그만두고 아나운서 시험에 올인할까?"

"그만둘 거면 미리 말해줘. 네 일 내가 할게."

그 말을 하는 이수진의 눈빛이 빛났다. 기회가 생기면 놓치지 않고 열심히 일하고 싶은 사람 같았다.

보이스피싱에 이수진을 끌어들인 사람은 김나영이었다. 돈을 벌고 싶은 마음과 혼자 가기 두렵다는 마음이 합쳐져 친구 이수진을 설득했다. 그녀는 친구를 나쁜 일에 끌어들였다는 자책과 걱정이 뒤섞인 얼굴로 말했다.

"이수진, 다른 일 해. 이런 일 말고."

"난 다른 일 할 줄 몰라. 대학교 졸업하고 계속 콜센터 일만 해서. 이 일 콜센터 일이랑 비슷해. 그런데 정규직에, 월급은 더 많아. 빨리 보증금 모아서 더 큰 원룸으로 이사할 거야."

망설이기라도 할 줄 알았는데 이수진의 대답은 명쾌했다. 그래서 진심이냐고 묻지 못했다. 전에 다니던 콜센터 월급으로는 학자금 대출이자, 월세, 통신비, 생활비까지 지출하면 저축은 꿈도 꾸지 못했다.

그러나 하나리서치는 달랐다. 빵빵한 기본급에 성공에 대한 인센티브로 금세 은행 잔고 액수가 커졌다. 천만 원짜리 보이스피싱에 성공하자 실시간으로 500만 원 인센티브를 받았다. 500만 원은 한 달에 50만 원씩 10개월을 저축해야 손에 들어오는 돈이었다.

김나영은 돈을 생각하니 그만두자는 마음이 작아졌다. 거기에 두 달 전 지방 방송국 아나운서 시험에 낙방해 자신감까지 떨어졌다. 조금 더 이야기하면 지금까지 꾹꾹 눌러왔던 울분이 일시에 터질 듯했다. 입술을 꾹 다물고 침을 꿀꺽 삼켰다. 겨우 마음을 진정시킨 김나영이 말했다.

"나도 너처럼 생각이 단순했으면 좋겠어…."

오후 근무 시간, 1번 콜부스 김나영의 눈은 바쁘게 움직였다. 컴퓨터 모니터 화면에 ○○은행 대출 신청자 리스트가 떠 있다. 그중에서 빨간색으로 표시된 이름, 연락처, 신청 금액을 찾았다.

김나영은 모니터와 태블릿을 번갈아 보면서 통화를 했다.

"고객님, 신용 등급 올려드리는 방법을 안내 받으시겠습니까? 고객님과의 통화 내용은 녹음되고 있으니 신중히 답변해주세요."

이번 호구도 치킨 매장을 운영하는 남자였다. 그는 기름솥 앞에 서서 통화를 하고 있다. 기름솥 안 온도가 높아져 조금씩 끓기 시작했다. 매출이 적어 알바생도 고용하지 못하는 처지다. 그래서 혼자 영업 준비를 하느라 정신이 없다. 하지만 신용 등급을 올려준다는 말에 전화를 끊지 못했다.

"예에, 알겠으니 말해요."

김나영은 눈으로는 태블릿을 보고, 손으로는 휴대폰을 만졌다.

"신용 등급을 올리기 위해서는 고객님 계좌에 천만 원 이상의 예금이 있어야 합니다."

그녀가 고개를 좌우로 돌려 주위를 살폈다. 김두만은 대표실 안에 있다. 책상 아래쪽은 CCTV의 사각지대다. 아무도 모르겠지, 라고 생각한 김나영이 책상 아래쪽으로 휴대폰을 내렸다.

"지금 천만 원이 없으시면 제 안내에 따라 2금융권에서 대출을 받으세요."

그녀는 매뉴얼대로 말을 했지만 신경은 휴대폰에 쏠려 있었다. 엄지만 사용해 빠르게 문자를 작성하고 전송을 터치했다.

"천만 원은 대출 심사 기간 동안만 고객님 계좌에 입금해놓고, 대출 심사를 통과하는 즉시 상환하시면 돼요."

자연스럽게 말하면서 슬그머니 책상 위에 휴대폰을 올려놓았다. 콜이 녹음되고 있으니 매뉴얼대로 상담을 해야 했다. 상담의 공백이 생기거나 엉뚱한 소리를 하면 금세 관리자가 끼어들었다. 관리자의 얼굴은 본 적이 없었지만 목소리는 여자였다. 그녀는 매뉴얼에서 벗어난 상담을 극도로 싫어했다. 김나영은 슬쩍 CCTV를 보며 호구에게 말했다.

"이해되셨죠?"

감시 모니터로 1번 콜부스에서 일하는 김나영이 보였다. 이선경은 미간을 찌푸린 채 조금 전 본 것을 다시 떠올렸다. 뭔가 부자연스러운 것이 있었다. 그것을 찾기 위해 머리를 쥐어짰다.

뭔가 떠오른 이선경이 눈을 동그랗게 떴다. 그녀는 재빨리 저장된 동영상을 재생시켰다. 동영상을 앞으로 스킵, 뒤로 스킵하면서 원하는 장면을 찾았다. 그 장면을 재생시키고 정지, 리와인드 후에 재생시키고 정지했다.

1번 콜부스 책상 위에 있는 휴대폰을 쥔 김나영의 손이 책상 아래로 사라졌다. 다시 한 번 확인했지만 책상 위에 있던 휴대폰이 책상 아래로 사라졌다는 사실은 변하지 않았다. 그녀의 의심이 확증 쪽으로 기울고 있었다. 동영상 속 김나영의 손이 테이블 아래로 사라지자, 이선경은 하나- 둘- 셋- 넷- 다섯- 입으로 시간을 쟀다.

어디서 장난질이야, 그녀는 동영상 속 김나영을 보며 쓴웃음을 지었다. 그러고는 김두만과 통화를 했다.

"대표님, 1번 콜부스 김나영 씨 휴대폰 체크해줘요."

"오케이."

김두만은 통화를 하면서 대표실 밖으로 나왔다. 이선경이 감시 모니터를 보자 대표실에서 나온 김두만이 1번 콜부스 쪽으로 걸어가고 있었다. 그가 1번 콜부스 옆에 서더니 거친 손길로 김나영의 헤드셋을 벗겼다. 손을 내밀며 김나영에게 뭐라고 말했다. 그 행동에 김나영이 잠시 망설이다가 휴대폰을 김두만에게 내밀었다. 그녀의 손에서 휴대폰을 낚아챈 김두만이 뒤돌아섰다. 그는 CCTV 쪽을 향해 휴대폰을 들어 보였다. 그때 무선 이어폰으로 이선경의 목소리가 들렸다.

"통화목록부터 문자까지 훑어줘요."

김두만은 노안이 심해진 눈을 가늘게 뜨고 김나영의 휴대폰 통화목록을 살폈다. 짧게 혀를 차더니 살짝 인상을 쓰며 말했다.

"방금 문자를 보냈네."

"어떤 문자요? 누구한테 보냈어요?"

이선경의 다급한 목소리에 김두만이 문자 메시지를 읽었다.

"보이스피싱입니다. 조심하세요."

문자 메시지를 다 읽자 김나영은 자신이 무슨 짓을 했는지 알게 됐다. 내가 왜 그랬지, 자책이 밀려왔다. 그녀는 눈을 내리깔았다. 머리가 무거워지고 눈앞이 뿌옇게 변했다.

김두만은 문자 메시지가 전송된 전화번호를 외운 후 모니터 화면을 바라봤다. ○○은행 대출 신청자 리스트 중에서 빨간색으로 표시된 똑같은 전화번호를 발견했다. 그 순간 뾰족한 바늘로 머리를 찌르는 듯한 두통이 생겼다.

"고객님한테 친절하게 문자를 보냈어. 어떻게 할까?"
"최 대리에게 메시지 보내요."
김두만이 슬쩍 CCTV 쪽을 보며 말했다.
"뭐라고?"

이선경은 감시 모니터에서 시선을 떼지 않고 있었다. 1번 콜부스 앞에 서 있는 김두만을 보며 입을 열었다.
"지금 당장 호구 휴대폰을 박살 내!"
날카로운 말투였다. 감정에 휩싸이지 않으려고 김두만은 차분하게 말했다.
"호구는 최 대리가 붙으면 되고."
그는 입을 꾹 다물고 있는 김나영을 내려다보며 말을 이어갔다.
"김나영 씨는 어떻게 할까?"
그 질문에 이선경이 자리에서 일어섰다.
"직접 처리할게요."
차가운 얼굴로 통화를 끊고 성큼성큼 현관으로 걸어갔다.

상담원들에게 얼굴을 드러내지 않는 이선경이다. 최대한 얼굴을 드러내지 않고 사람과의 접촉을 줄여야 검거될 확률이 떨어진다는 생각으로 일하는 매뉴얼 기술자가 움직이자, 김두만은 놀이공원에 도착한 아이처럼 즐거웠다. 그는 다정한 미소를 지으며 헤드셋을 김나영에게 건네줬다.

"나영 씨는 하던 일 계속해."

치킨집 호구는 은행 직원과의 전화가 갑작스레 끊겨 당황했다. 그때 배달앱 주문이 들어와 주문 내역부터 확인했다. 다시 전화 오겠지, 생각하면서 휴대폰을 계산대 옆에 내려놓았다. 그는 기름이 부글부글 끓고 있는 기름솥에 튀김 반죽 조각을 넣어 기름 온도를 체크했다.

최성욱은 치킨 매장 밖에서 휴대폰 메시지를 확인했다.

[긴급-호구 휴대폰 박살]

갑자기 무슨 일인데 긴급이지, 하며 궁금해할 시간은 없었다. 일단 움직이자. 그렇게 마음먹은 최성욱이 모자를 푹 눌러쓰고 마스크까지 썼다. 재빨리 치킨집 앞에 붙어 있는 광고지를 보며 전화번호를 눌렀다.

유선 전화기 벨이 울리자, 호구가 위생 장갑을 벗으며 계산대로 다가왔다. 그는 수화기를 들었다.

"○○치킨입니다."

그때 "후라이드 한 마리⋯." 통화를 하면서 최성욱이 문을 밀고 안으로 들어왔다. 그는 눈으로 호구의 위치를 확인했다. 곧장 호구에게 다가갔다.

"후라이드⋯." 뭐라고 말하는 호구의 말은 귀에 들어오지 않았다. 최성욱의 눈에 계산대 옆에 놓여 있는 휴대폰이 들어왔다.

"이거 누구 폰?"

"제 폰인데요."

그 말에 최성욱은 다짜고짜 손을 뻗어 호구의 휴대폰을 잡았다. 갑작스런 상황에 황당해하는 호구를 뒤로하고, 기름솥에 호구의 휴대폰을 풍덩 빠뜨렸다. 부글부글 끓는 기름 속으로 호구의 휴대폰이 가라앉았다. 최성욱은 곧바로 매장 밖으로 뛰쳐나갔다.

***

하나리서치 유리문이 열리고 이선경이 안으로 들어왔다. 그녀는 분노로 피가 소용돌이치고 있었다. 하나리서치 근무 시간에 이선경을 보자 김두만은 반가웠다. 직접 처리한다는 게 하나리서치에 나타난다는 거였구나, 손을 가볍게 들어 아는 척을 했다. 그러나 이선경은 그에게 시선도 주지 않고 1번 콜부스에 앉은 김나영에게 다가갔다. 그녀는 다짜고짜 김나영의 머리를 움켜쥐었다. 우악스러운 손길에 김나영은 비명도 지르지 못하고 콜부스 밖으로 끌려나왔.

김나영은 허수아비처럼 힘없이 휘청거렸다. 그러자 이선경은 김나영의 멱살을 잡아 똑바로 세웠다. 그러고는 왼손으로 김나영의 머리채를 움켜쥐었다. 오른손으로 김나영의 따귀를 때렸다. 또 때리고 때리고 때리고 때렸다. 그녀가 김나영의 머리채를 놓자 김나영은 비명 한 번 지르지 못하고 인형처럼 바닥 위에 쓰러졌다.

거칠게 콧김을 내뿜는 이선경은 화가 가라앉지 않았다. 그녀가 김나영의 가냘픈 몸을 발로 차려 하자 김두만이 끼어들었다.

"그만해! 그만해!"

이수진은 생각하지도 못한 전개에 아무 말도 못하고 우두커니 서 있었다. 김나영은 바닥에 쓰러진 채 고통스러운 표정을 짓고 있다. 잠시 얼빠져 있던 오덕규가 바닥 위에 쓰러진 김나영 옆으로 다가갔다.

그때 김두만이 물러서라고 손짓했다. 그는 김나영의 어깨를 잡아 바닥에 앉도록 도와줬다. 그때 쿵쾅쿵쾅 요동치는 김나영의 심장 박동 소리가 느껴졌다. 김나영이 힘든 표정으로 고개를 들었다. 뺨은 붉게 부어 있다.

이선경이 김두만에게 뭔가를 달라는 듯 손을 내밀었다. 그 신호에 김두만이 뒷주머니에서 김나영의 휴대폰을 꺼내 건네줬다. 이선경이 김나영의 휴대폰을 흔들어 보이며 큰소리로 말했다.

"네가 보낸 문자 하나 때문에 다 좆될 뻔했어! 너 하나 마음 편하자고 다 교도소 보내야겠어?!"

김나영의 눈동자가 뭔가 말하고 싶은 듯 이선경을 올려다봤다. 그러나 아무 말도 하지 않자 이선경이 김나영 앞에 휴대폰을 떨어뜨렸다. 그녀가 허리를 숙여 코 닿을 거리에서 김나영을 뚫어지게 바라봤다.

"착한 척해서 네가 얻는 게 뭐야? 말해봐."

박력이 느껴지는 낮은 목소리였다. 김나영의 입술이 파르르 떨릴 뿐 대답이 없었다. 갑갑한 침묵을 깨고 이선경이 말했다.

"날 설득시키면 아무 일 없었던 걸로 해줄게."

잠시 후 김나영의 입술 사이로 말이 새어나왔다.

"상… 상처받은 사람에게 또 상처를 줄 수는 없어요…."

정수식품에게 보이스피싱을 당한 호구를 노린다는 새로운 매뉴얼에 맞지 않는 말이었다. 피해자를 걱정해주는 마음으로는 보이스피싱을 할 수 없었다.

"아버지가 치킨집을 하셨나? 치킨집 사장이 받을 상처가 그렇게 걱정돼? 보이지도 않는 마음이? 네 마음도 아닌데? 이제 네 상처나 걱정해."

이선경이 김나영을 쏘아보며 비아냥거렸다. 그러고는 뒷주머니에서 뭔가를 꺼냈다. 그것을 김나영의 얼굴에 내밀었다.

"대한민국 아나운서 중에서 얼굴에 칼빵 있는 아나운서가 있나?"

이선경의 차가운 목소리가 하나리서치 안에 울려 퍼졌다. 눈앞에 있는 물건을 본 김나영의 낯빛이 창백해졌다. 그것은 커터칼이었다. 이선경이 칼날을 밀어올리자, 드르륵 소리와 함께 커터칼날이 밖으로 나왔다. 겁에 질린 김나영의 눈에, 이선경은 자신을 노리는 육식 동물로 보였다. 이선경이 커터칼을 볼에 갖다 대자 얼굴에 차가운 칼날이 느껴졌다. 잔뜩 겁을 먹은 김나영은 고개조차 돌리지 못했다.

"얼굴에 상처가 왜 생겼는지, 누가 상처를 냈는지 잊지 말고."

이선경이 김나영을 삐딱하게 보며 서늘한 말투로 말했다. 그러고는 뒤에 선 오덕규, 이수진의 눈을 들여다봤다. 그 행동이 단순히 겁만 주려는 행동이 아니라는 걸 모두가 본능적으로 느꼈다. 진짜로 김나영의 얼굴을 긋겠구나 싶어 김두만이 앞으로 나섰다.

김두만을 본 이선경이 그보다 먼저 손을 움직였다. 그런데 손이 움직여지지 않았다. 그녀가 짜증 난 표정으로 옆을 봤다. 이수진이 고통스러운 얼굴로 커터칼날을 꽉 움켜쥐어 막았다. 베인 손 아래로 핏줄기가 주르륵 흘렀다. 이수진이 핏기를 잃은 얼굴로 중얼거렸다.

"얼… 얼굴은 안 돼요."

이선경은 이수진이 이렇게까지 반항할 수 있을 거라고는 상상도 하지 못했다. 이선경이 쓴웃음을 지으며 물었다.

"다른 곳은 되고?"

"안 돼요! 최 대리님이 휴대폰을 잘 처리했잖아요. 위기를 넘겼으니 나영이 용서해주세요."

"용서해줘? 너 내가 누군지 알아?"

이선경이 비웃음이 담긴 눈빛으로 바라보며 물었다. 이수진의 하얀 목이 바르르 떨리더니 쥐어짠 듯한 목소리로 대답했다.

"목소리…. 콜 할 때마다 지시 내리는…."

그러면서 이선경의 얼굴을 똑바로 쳐다봤다.

"내가 나영이 몫까지 열심히 할게요."

그 말에 이선경이 장난스러운 미소를 지었다.

"깡 좋네."

그렇게 말하고는 이선경이 슬쩍 김두만을 바라봤다. 김두만은 이선경과 눈이 마주치자 입을 쩝쩝거렸다. 이렇게 폭력적인 여자였나, 박 이사 밑에서 이런 일까지 했나, 지금 하나리서치에 있는 이선경은 자신이 알고 있는 여자가 아닌 듯했다. 마치 다른 여자 같았다. 그는 얼굴로 표정을 드러내지 않았다. 하지만 마음에 그림자가 드리운 것처럼 어두운 불안이 엄습했다.

"손에서 피 나."

김두만이 이수진의 양쪽 어깨를 잡아 뒤로 물러서게 했다. 이선경은 피 묻은 커터칼을 김나영의 얼굴 쪽으로 내밀었다.

"오늘은 옐로 카드야. 담엔 아웃이야."

이선경이 경고를 하고 커터칼을 내던졌다.

"대표님, 자리 이동하죠."

이선경이 김두만을 바라봤다. 그것이 무엇을 의미하는지 눈치챈 김두만이 밝은 표정으로 이수진에게 시선을 돌렸다.

"수진 씨, 축하해. 이제 1번 부스야."

그는 커터칼에 베인 이수진의 손을 바라보며 말을 이었다.

"먼저 치료해줄게."

아직도 김나영은 버려진 물건처럼 바닥에 앉아 있었다. 이선경이 쳐다보자 김나영은 움찔하며 시선을 피했다. 그녀의 반응에 이선경은 나른함과 만족감이 뒤섞인 표정을 지으며 유리문 쪽으로 걸어갔다.

"어디 가?!"

김두만이 돌아선 이선경에게 물었다.

"아직 근무 시간이에요. 일해야죠."
그 말을 남기고 이선경이 밖으로 나갔다.

느닷없이 나타나 모두의 심장을 얼어붙게 한 여자가 사라졌다. 그제야 심장이 녹아내린 듯 오덕규가 움직였다. 그가 김나영 앞에 서서 손을 내밀었다.
"괜찮아?"
김나영의 눈엔 오덕규가 들어오지 않았다. 자신의 얼굴을 그으려 했던 이선경을 마음속으로 욕을 퍼부으며 저주했다. 그러고는 허리를 탁 세우고 꼿꼿하게 앉았다. 바른 자세를 하면 뭔가에 집중할 수 있었다. 그녀는 콜부스 쪽으로 고개를 돌렸다. 1번 콜부스에 이수진이 앉아 있었다.
이선경이 떠나고 상담원들은 정신없이 콜을 했다. 은행 영업시간이 끝나자 하나리서치는 한낮의 시끌벅적함은 온데간데없고 조용해졌다. 이수진과 김나영은 은행 관련 매뉴얼을 마무리했다.
오덕규는 은행 영업점을 이용하지 않아도 되는 경찰청 사이버수사대 매뉴얼을 시작했다. 그는 호구에게 악성 앱이 깔려 있어 해외 결제 승인이 됐다고 가짜 피해 사실을 알려줬다. 휴대폰에 원격 데스크톱 앱을 깔도록 안내했다. 그 말을 의심하지 않은 호구가 앱을 깔면 그 순간 진짜 악성 앱이 휴대폰 속에 깔리게 된다.
악성 앱은 지금 당장 돈이 되지는 않는다. 호구가 지인과 주고받은 메시지, 연락처, 사진을 습득한다. 그 정보를 통해 더욱더 디테일하게 호구에게 사기를 칠 수 있게 된다. 이런 사전 작업은 오덕규가 잘했다. 폰팔이 경험과 일맥상통했다. 신형 휴대폰 기능과 약정을 설명해 판매하듯 호구가 악성 앱을 깔도록 친절하게 설명했다.

헤드셋을 벗은 이수진이 오른손을 내려다봤다. 김두만이 익숙한 손길로 붕대를 감아줘 커터칼을 잡아 생긴 상처는 보이지 않았다. 무슨 마법을 부렸는지 따끔했던 통증도 사라졌다. 그녀가 2번 콜부스 쪽을 바라봤다. 김나영의 옆얼굴이 보였다. 눈, 코, 입이 예쁘고 선명했다. 그녀를 보면서 얼굴이 밋밋한 나는 불가능하지만 예쁜 나영이는 아나운서가 될 수 있어, 라고 생각했다.

김나영은 콜이 끝났지만 헤드셋을 낀 채 모니터 속 고객 리스트를 보고 있었다. 2번 콜부스에 앉아 콜을 시작할 때부터 지금까지 이수진에게 한 마디도 하지 않았다. 그래서 둘 사이에 보이지 않는 벽이 있는 듯했다. 이수진이 어색한 분위기를 바꾸기 위해 말을 하려 했지만 입이 떨어지지 않았다. 그때 김나영이 헤드셋을 벗었다.

"난… 생각이 단순한 게 아니야…."

이수진은 자신도 모르게 마음속에 담아둔 말이 입 밖으로 툭 튀어나왔다. 너무 놀라 눈을 동그랗게 떴다.

김나영은 무슨 말인가 싶어 이수진을 바라봤다. 이수진은 동글동글한 자그마한 눈으로 김나영을 쳐다보고 있었다. 그녀는 웃는 것 같기도 하고, 우는 것 같기도 한 표정을 지었다. 작게 벌어진 입술 사이로 중얼거리듯 말이 흘러나왔다.

"선택할 게 이것밖에 없는 거지."

무슨 말인지 몰랐지만 김나영은 재촉하지 않았다. 이수진이 스스로 이야기할 수 있게 기다려줬다.

"너처럼 선택할 게 있었으면 좋겠어. 넌 서울에 부모님도 친구도 있지만 난 혼자야. 네 꿈은 아나운서지만 내 꿈은 열 평짜리 원룸으로 이사 가는 거야. 이게 너와 나의 차이야."

이수진은 선택이라는 것을 할 수 있는 김나영이 부러웠다. 자신은 꿈을 꿀 수도 생각할 수도 없었다. 하루하루 눈앞에 닥친 문제를 해결하는 게 급선무였다. 그제야 김나영은 이수진에게 했던 말이 떠올랐다.

"나도 너처럼 생각이 단순했으면 좋겠어…."

단순했던 건 자신이었다. 자기만 생각해 친구의 사정은 생각하지 못하고 상처를 줬다.

"미안해."

김나영이 사과를 했다. 가냘픈 목소리였지만 진심이 담겨 있었다. 이수진의 입가에 희미한 미소가 떠올랐다.

"안 미안해도 돼. 미안하라고 하는 말이 아니니까."

김나영의 시선이 붕대를 감은 이수진의 손에 머물렀다.

"아까는 고마워. 도와줘서…."

"고마워하지 마. 네 인센티브까지 내가 다 가질 거야. 그리고…."

이수진이 조용히 웃고 있지만 눈빛에는 전혀 웃음기가 없었다. 김나영은 평소와 다른 이수진의 태도에 갑자기 머리를 퍽 얻어맞은 기분이었다.

"응?"

이수진이 살짝 흥분한 상태로 말했다.

"네가 일 그만두는 건 자유인데, 경찰에 신고하면 그땐 혼자 못 죽어. 경찰에 붙잡히면 너부터 불어버릴 거야."

"수진아…."

김나영의 목소리가 떨렸다.

수진이가 달라졌어, 기분 나쁜 예감이 가슴속 깊이 스며들었다. 이수진은 개의치 않고 말을 이어나갔다.

"내가 불면 네 아나운서 꿈은 끝이야! 전과자를 방송국이 뽑아 줄 것 같아?!"

이수진은 스스로가 자랑스러운 듯 미소를 지으며 힘주어 말했다. 김나영은 정신 나간 사람처럼 멍하니 이수진을 바라보기만 했다.

9장
민 사장 아들

　하나리서치는 중국 본사가 없다. 종로에 있는 사무실이 본사이자 1호 작업장이다. 그래서 하루 매출을 중국으로 송금하거나 위안화로 환전할 필요가 없다.
　이선경은 보이스피싱에 사용한 비용을 뺀 수익을 가상화폐에 투자했다. 오피스텔에서 일일 정산을 끝낸 그녀가 책상 앞에 앉아 감시 모니터를 바라봤다. 이선경의 커터칼날을 잡은 이수진의 CCTV 동영상이다. 이선경이 동영상을 앞으로 되감았다가 다시 재생했다. 이수진은 망설임 없이 이선경의 커터칼날을 잡았다. 그것을 보면서 이선경은 흐뭇한 표정을 지었다.
　"정수식품에서 뽕 맞았어? 연기가 예술이야. 오줌 지릴 뻔했어."

김두만에 들뜬 목소리가 들렸다. 이선경은 휴대폰 거치대에 고정시킨 대포폰으로 김두만과 영상 통화 중이었다.

"앞으로 우리 대표님 놀랄 일 많을 거예요. 기저귀 사드릴게요. 대형으로."

그렇게 말하면서 감시 모니터 속 이수진을 바라봤다.

"이수진 어때요?"

영상 통화 속 김두만이 장난스러운 미소를 지었다.

"순딩이가 돈독이 오르니 겁이 없어졌어."

화제를 바꾸듯 김두만의 얼굴에서 웃음기가 사라졌다. 누가 있는 지 확인하듯 주변을 둘러보더니 목소리를 낮췄다.

"어떻게 할까?"

이선경은 유쾌한 대화를 하는 사람처럼 표정이 밝게 변했다.

"3차로 넘어가죠."

그 말만 했을 뿐인데 이선경은 묘한 미소를 지었다. 그녀는 좋은 원석도 연마를 잘못하면 그냥 돌멩이일 뿐이다, 란 말을 머릿속에 떠올렸다. 이수진은 좋은 원석이고, 자신이 연마하니 값비싼 보석이 될 수밖에 없다고 생각했다. 그 누구보다 돈독이 오른 사람도, 이 일을 즐기는 사람도 자신인 것 같았다.

＊＊＊

이선경은 상담원 이수진의 적극성과 호기심을 이미 간파했다.

그동안에 콜 내용도 다 확인했다. 가녀린 목소리였지만 사냥감을 노리는 맹수처럼 최선을 다했다. 호구의 말을 잘 들어주고 공감해 주지만 매뉴얼에서 벗어나지 않았다. 의심이 많은 호구도 잘 상대하고, 호구가 돌발 행동을 하거나 시스템 오류가 발생하는 위기 상황에서도 침착했다. 그래서 콜 성공률이 90%가 넘었다. 그녀는 일면식도 없는 호구에게 전화를 걸어 돈을 빼앗는 일을 매일매일 성공시키고 있었다.

카페 테이블 앞에 이선경이 앉았다. 점심시간이라 카페를 이용하는 직장인들이 많았다. 그 속에 섞인 이선경이 테이블 맞은편에 앉은 김두만에게 말했다.

"3차는 이수진 씨에게 맡길 거예요."

김두만은 침착한 눈으로 두리번거리며 주위를 살폈다. 이쪽에 관심을 두는 사람은 없어 보였다. 김두만이 계속 이야기하라고 눈짓하자 이선경이 말을 이어갔다.

"필드 플레이어는 이수진 씨 한 명, 나머지는 빽업."

"호구는?"

그렇게 묻자 이선경이 테이블 위에 태블릿을 올려놓았다. 곧바로 김두만 앞으로 태블릿을 쓰윽 밀어놓았다. 김두만이 눈만 움직여 태블릿 화면을 확인했다. 그곳에 사진 한 장이 떠 있었다. 아는 사람이었다.

"정수식품 이사 민동현이에요."

이선경의 설명을 들으며 김두만이 사진을 넘겼다. 그러자 매그넘 피트니스에서 운동을 하는 민동현의 사진들이 나왔다. 비쩍 마르고 몸집이 작은 남자였다. 검은색 매그넘 운동복을 입고 있어서 더 작게 보였다. 그는 작은 눈에 어울리지 않게 프레임이 큰 안경을 쓰고 있었다.

매그넘 피트니스 사진 뒤로 골프장 사진이 나왔다. 필드 위에서 백발노인 민 사장이 호탕하게 웃고 있었다. 그 옆에 민동현이 잔뜩 주눅 든 표정으로 서 있었다. 그는 정수식품 민 사장의 외동아들이었다. 얼굴이 햇빛에 그을린 노인이 창백한 아들보다 더 건강해 보였다.

"호구가 민 사장 아들이야?"

이선경이 끄덕이는 것을 보고 김두만의 얼굴에는 갑자기 의심스러운 빛이 일렁였다. 뭔가를 말하려다가 생각을 고쳐먹은 듯 조심스레 입을 열었다.

"민동현이 생긴 건 없어 보여도 정수식품 넘버 투야."

걱정이 담긴 목소리였다. 이선경은 크게 신경 쓰지 않고 말했다.

"힘없는 넘버 투예요. 민 사장 돈을 먹으려면 민동현이 필요해요."

김두만은 마음속에 피어오르는 불안감을 숨기지 않았다.

"이 대표, 인천 송도에서 잘살고 있는 애 들쑤시지 말고 새 매뉴얼 만들자. 민동현 잘못 건드리면 인천 앞바다에서 발견돼, 시체로."

그렇게 놀라지 않았다고 생각했는데 김두만의 이마는 땀으로 번들거리고 있었다. 이선경은 짓궂은 말투로 물었다.

"중국에 있어야 할 민동현이 왜 송도에 있을까요?"

이틀 후 김두만은 을지로 바에서 이선경을 만났다. 새 바텐더에게 테킬라 한 잔을 주문하고 태블릿을 이선경 앞쪽에 내려놓았다.
"대표님, 고생하셨으니 한 잔만 마시세요. 두 잔은 안 돼요."
이선경이 위스키 잔을 내려놓고 태블릿을 들었다. 태블릿 화면 속 첫 번째 사진은 매그넘 피트니스 신발장 앞에 붙어 있는 '이진희' 이름표였다.
"이혼한 와이프가 송도에 살아."
두 번째 사진은 이진희다. 권태로운 눈빛을 지닌 백인 혼혈처럼 보이는 이국적인 미모의 소유자였다. 김두만이 이진희의 사진을 보는 이선경 옆에 앉았다. 그는 허세 부리듯 말했다.
"정 중에 제일 무서운 게 떡정이야. 민동현 와이프가 무슨 색 속옷을 입었는지도 알아봐줘?"
그 말은 이선경의 귀에 들어오지 않았다. 그녀는 김두만을 똑바로 쳐다보며 말했다.
"민동현을 협박할 거예요."
김두만이 눈치챘다는 듯 피식 웃더니 빠른 말투로 말했다.
"꽃뱀 풀어서 민동현을 싸악 벗겨먹으려고? 쌍팔년도 수법이지만 고전이 아름다운 법이지."
"아니요. 민동현을 부자로 만들어줄 거예요."
"뭐?"

김두만은 무슨 말인지 모르겠다는 표정이었다. 그 표정이 마음에 든 이선경이 생긋 웃었다. 주변을 밝게 만드는 햇살 같은 웃음이었다.

김두만은 민동현을 왜 부자로 만들어준다는 건지, 부자로 만들 계획은 뭔지 너무나 궁금했다. 설명을 재촉하는 눈빛으로 이선경을 바라봤다. 그녀는 아무 말도 하지 않고 위스키 잔에 입술을 갖다 댔다. 촉촉한 입술이 위스키 잔에 닿았다. 탐스러운 검은 머리가 이선경의 얼굴을 가렸다. 위스키를 삼키자 하얀 목이 움직였다. 그것을 지켜보는 김두만이 숨을 삼켰다. 그때 이선경의 촉촉한 입술에서 부드러운 목소리가 흘러나왔다.

"돈 먹고 돈 먹기. 하이 리스크 하이 리턴."

***

하나리서치 회의실에서 김두만은 혼자 떠는 것 같아 말을 멈췄다. 힐끔 테이블 쪽을 쳐다봤다. 테이블 앞에 앉아 있는 이수진이 멀뚱멀뚱 김두만을 바라봤다. 그녀는 어떻게 반응할지 몰라 아무 말도 하지 않았다.

김두만이 손에 든 태블릿을 보며 머릿속 회로를 빠르게 움직였다. 어떻게 설명해야 할까, 고민하다가 한 가지 단어가 떠올랐다.

"이번 일은 장르가 달라. 로맨스…."

김두만의 입에서 예상하지 못한 단어가 나오자 이수진이 눈을 동그랗게 떴다.

"로맨스요?"

"호구와 폰팅한다는 생각으로 콜 해. 수진 씨 폰팅 해봤어?"

김두만의 질문에 이수진이 얼른 손을 설레설레 내저었다.

"아니요."

김두만이 테이블을 돌아 이수진 옆에 섰다. 그는 생긋 웃으며 말했다.

"연애는 해봤지?"

"네에."

"여자와 남자가 보이스피싱으로 달달한 연애를 한다. 여자는 수진 씨, 남자는 호구."

김두만은 의기양양하게 떠들었다. 그러면서 이수진에게 태블릿을 건네줬다. 그러나 그녀의 표정은 감정을 읽을 수 없었다.

"오케이?"

김두만이 눈짓으로 이수진을 재촉했다. 이수진이 태블릿을 보며 고개를 끄덕였다.

***

1번 콜부스에 앉은 이수진은 머릿속이 혼란스러웠다. 달달한 연애 느낌으로 콜을 한다? 김두만에게 설명을 들었을 땐 이해가 되지 않았다. 태블릿으로 매뉴얼을 읽으면서 김두만의 설명을 떠올리자 서서히 이해가 됐다. 매뉴얼을 끝까지 다 읽자 자신도 모르게 팔짱을 낀 채 고개를 끄덕였다.

이수진은 모니터 옆에 놓인 유칼립투스향 디퓨저를 바라봤다. 섬유 스틱을 통해 흘러나온 은은한 향기가 기분을 좋게 만들어줬다. 김두만의 선물이었다. 거기에 긴장과 스트레스를 풀어준다면서 에센셜 오일까지 선물해줬다. 그는 호탕한 사람처럼 보여서 세세한 것에 신경 쓸 것 같지 않았다. 그런데 이수진은 세심하게 챙겨줬다. 콜이 중요해서겠지, 이수진은 긴장됐지만 밖으로 드러내지 않았다. 무표정하게 커피를 한 모금 마시고 헤드셋을 착용했다. 마음속으로 콜에 집중하자고 되뇌었다.

"민동현 회원님, 안녕하세요. 엘리트핏에서 VIP 회원을 대상으로 GDR 개인 레슨 이벤트를 하고 있습니다. 이번 주 일요일까지 등록하시면 개인레슨을 10회 무료 제공 해드립니다."

민동현은 미용실에서 새치를 염색하고 있었다. 그는 왼쪽을 염색 중이라 오른쪽 귀에만 이어폰을 꽂고 통화를 했다.

"더 비싼 곳에 다니고 있어. 그러니까 연락하지 마."

"저기 회원님… 정수식품 민동현 이사님 맞으시죠?"

그 말에 민동현이 미간을 찌푸렸다.

'잠깐, 이거 세컨드 폰인데?'

지금 통화하는 휴대폰은 정수식품 임원들만 아는 대포폰이다. 재빨리 발신번호를 확인했다. 저장된 번호가 아니었다.

'모르는 번호로 전화가 걸려왔다? 모르는 목소리가 나를 알고

있다?'

거기까지 생각하자 민동현의 마음에 그림자가 드리운 것처럼 어두운 불안이 엄습했다. 그는 헤어디자이너에게 한쪽 손을 들어 염색을 멈추게 했다. 잠시 뜸을 들인 후 입을 열었다.

"너 뭐야?"

그러면서 통화가 들릴까 봐 헤어디자이너에게 저리 가라고 손짓했다. 헤어디자이너가 자리를 뜨자 휴대폰 너머로 목소리가 들려왔다.

"회원님께 호기심이 많은 사람이에요."

"피트니스에서 일하면 개인 레슨이나 할 것이지, 내 뒷조사를 했어?"

민동현은 거울 속 자신을 보면서 태연한 척했다.

그 반응에 이수진이 슬쩍 한 마디 던지듯 말했다.

"와이프 이진희 씨가 매그넘 피트니스 회원 맞으시죠?"

이진희라는 말에 민동현의 눈가에 주름이 잡혔다. 상대방이 와이프까지 알고 있다. 그 사실이 엄청 신경 쓰였지만 역시 당황하지 않은 말투로 말했다.

"와이프 뒷조사까지 했어?"

이수진이 태블릿으로 시선을 옮겼다. 매뉴얼을 보자 이번 대사에서 민동현을 자극해야 한다고 빨간색으로 표시되어 있었다.

"다리가 예쁘시던데 옥상에서 떨어지면 버티시려나?"

그녀는 노골적으로 비꼬는 투로 말했다. 그러고는 자신이 한 말에 민동현이 어떻게 반응할지 기다렸다. 그의 마음을 찔렀는지 침묵이 흘렀다.

거울 속 민동현이 얼굴을 찡그렸다. 화가 났지만 아랫입술을 깨물며 참았다. 그는 애써 여유만만한 말투를 바꾸지 않고 말했다.

"어쩌나? 이혼했는데."

너무 과장해서인지 어딘지 모르게 허세처럼 들렸다. 한 번 더 찌르자, 이수진이 한껏 위협적인 목소리로 말했다.

"님이 남이 됐는지 아닌지는 와이프를 떨어뜨리면 알겠네."

"나 말고 와이프를 협박해! 걔 지금 돈 많아! 위자료로 내 돈 다 뜯어가서!"

민동현은 격앙된 목소리로 고함을 질렀다. 그는 전화를 끊고 신경질적으로 귀에서 이어폰을 빼냈다.

***

콜을 끝낸 이수진은 하나리서치 대표실 안으로 들어갔다. 그녀는 대화 내용을 보고했고, 김두만은 의자에 앉아 태블릿만 바라봤다. 차분하게 보고를 끝낸 이수진이 불안한 목소리로 덧붙였다

"매뉴얼에 로맨스는 1도 없어요. 수정을 해야…."

김두만이 고개들 들었다. 눈앞에 단발머리를 한 수수한 차림의 이수진이 서 있었다. 콜할 땐 자신감이 넘치는 사기꾼, 보고할 땐 벌 받는 학생 같았다. 그는 학생에게 훈계하는 교사처럼 말했다.

"첫눈에 반한 것만 로맨스가 아니지."

"계속 협박인데… 통할까요?"

이수진은 불안함을 감추지 못했다. 그와 달리 김두만은 느긋한 표정으로 말했다.

"계속 협박하다 보면 통해. 안 통하면 정이라도 들겠지. 수고했어. 퇴근해."

퇴근 시간이 됐다. 상담원들은 컴퓨터 전원을 끄고, 콜에 사용한 태블릿을 책상 위에 올려놓은 채 자리에서 일어났다.

대표실 안에 서 있는 김두만은 퇴근하는 상담원들을 바라봤다. 그는 상담원들이 꾸벅 인사하자, 대충 잘 가라고 손을 흔들어줬다. 재빨리 블라인드를 내린 후 책상 앞에 앉았다. 책상 위 휴대폰 거치대에 대포폰이 놓여 있었다. 그는 이선경과 영상 통화를 했다.

"이 대표 매뉴얼을 처음부터 끝까지 훑어봤는데 수정을 해야겠어. 이게 로맨스야? 싸우자고 시비 거는 수준도 아니고 계속 협박인데?"

대포폰 화면 속 이선경은 방금 출근한 사람처럼 책상 앞에 앉아 있었다. 민낯처럼 보이게 화장을 옅게 해 청순한 느낌이었다.

"민동현에게 협박은 통하지 않을 거예요."

이선경이 차분하게 말했다. 김두만은 순간적으로 무슨 말인지 이해가 되지 않아 반문했다.

"뭐? 통하지 않을 걸 왜 해?"

"민동현을 살랑살랑 만져줘서 자존감을 높여주려고요."

"자존감?"

계속 이해되지 않았다. 그래서 김두만은 왠지 불쾌한 기색으로 미간을 찌푸렸다. 그러나 영상 통화 속 이선경의 얼굴에는 엷은 미소가 담겨 있었다.

***

다음 날, 근무 시간이 끝났지만 1번 콜부스 이수진은 퇴근하지 않았다. 연장 근무로 오후 7시가 되자 민동현에게 콜 했다.

"민 이사님 와이프가 다른 남자 만나고 있는 거 아세요?"

송도 오피스텔에서 전화를 받은 민동현은 입을 꾹 다물었다. 대포폰 너머로 여자의 부드러운 목소리가 전해졌다. 어제처럼 협박하는 목소리가 아니었다. 와이프는 다른 남자를 만나고 있어, 날 불쌍하게 생각하는 걸까, 그는 작은 소리로 자조하듯이 웃었다.

"너 휴대폰 대리점 해?! 전화번호가 몇 개야?!"

어제와 다른 전화번호였다. 그러나 목소리로 어제와 같은 여자라는 것을 눈치챘다.

"요새 민 이사님 와이프가 매그넘 피트니스 사장을 만나고 있어요."

여자가 정곡을 찌르듯 말했다. 이미 알고 있는 사실이다. 하지만 다른 사람의 입을 통해 듣게 되니 충격을 받은 듯 민동현의 입술이 파르르 떨렸다.

그가 살고 있는 오피스텔은 옵션 제품을 빼면 내부가 휑했다. 창가 쪽 바닥에 침대 매트리스가 놓여 있다. 그 위에 앉은 민동현은 멍하니 창밖을 바라봤다. 지금껏 꾹꾹 누르고 있는 울분이 터져 나올까 봐 허세를 부렸다.

"나도 모르는 걸 잘 아네. 뒷조사 재주 살려서 흥신소나 해. 그리고 이혼한 와이프 소식은 그만 전해. 밥맛 떨어지니까…."

말끝이 흐려졌다. 그러나 민동현은 전화를 끊지 않았.

이수진은 그의 마음에 틈이 생겼을 때를 놓치고 싶지 않았다. 그녀는 머릿속으로 매뉴얼 단어 하나하나를 떠올리며 조심스레 말했다.

"매그넘 피트니스 건물 앞에서 민 이사님을 봤어요."

그렇게 말하고는 감정을 정리하듯이 숨을 내쉬었다. 그녀의 숨소리를 민동현이 들었을 것이다. 상대가 들을 수 있게 숨을 내쉬어라, 까지 매뉴얼에 있었다. 잠시 침묵이 흐르고 민동현의 목소리가 들렸다.

"언제?"

너무 곧바로 대답하면 오히려 부자연스러워 보인다며 매뉴얼은 3초 후에 대답하라고 했다.

"목요일 저녁이요. 와이프는 연애하느라 행복해 보이는데, 민 이사님은 쓸쓸해 보였어요."

그 말을 하고 대답을 기다렸다. 침묵이 길어졌다. 전화가 끊긴 걸까, 연결 상태를 확인하려는데 민동현의 한숨 소리가 들려왔다.

이때 이수진 옆에 서 있는 김두만의 눈빛이 빛났다. 그는 이수진에게 감정을 더 끌어올리라고 손짓했다. 금세 이수진의 눈이 촉촉해졌다.

"억울하지 않아요? 민 이사님이 번 돈으로 와이프는 딴 남자랑 놀아나고, 민 이사님은 외롭게 혼자 살고."

"너 내 미행도 했어?"

"네에."

그 짤막한 대답에 민동현은 말을 하지 못했다. 그는 대포폰을 쥔 채 뭔가를 찾듯 집 안을 둘러봤다.

"집에 몰카 설치했어?"

정말 미행을 했을까? 민동현은 여자의 말을 믿을 수 없었다. 자신을 미행했다면 어디서 사는지 알 것이다. 어디서 사는지 알면 자신이 집을 비운 사이 몰래 들어와 카메라를 설치하지 않았을까? 눈으로 거실 등을 살필 때 대포폰 너머에서 여자의 목소리가 들렸다.

"그런 짓은 안 해요."

"그럼 뭔 짓까지 하는데?!"

민동현은 눈을 부릅뜨며 따지듯 물었다.

"민 이사님 와이프 경찰에 넘기고 민 이사님 돈 찾아드릴게요. 위자료 정수식품에서 나온 돈이잖아요."

그 말은 민동현의 혼란을 더욱더 부채질했다. 이 여자가 어디까지 알고 있을까, 뻣뻣이 굳은 상태로 머릿속에 물음표가 떠올랐다. 그는 눈앞에 여자가 서 있기라도 한 듯 앞쪽을 노려보며 말했다.

"뭔 말이야? 결론만 이야기해!"

"민 이사님 돈 찾아드릴게요. 저한테 5억만 주세요."

여자의 목소리에 절박함이 담겨 있었다. 5억이란 말이 민동현의 마음속을 헤집고 들어왔다. 와이프에게 돈을 뜯어내는 데 성공해도 얼굴도 모르는 여자한테 5억을 줄 수 없었다.

"나 와이프 돈 필요 없어. 그러니까 그만 전화해…."

민동현이 전화를 끊었다.

갑작스레 전화가 끊겼지만 이수진은 당황하지 않고 매뉴얼을 확인했다. '대화 도중 전화가 끊겼을 때' 이런 상황에 어떻게 해야 하는지 알려주는 메모가 있었다.

***

하나리서치 정산을 끝낸 이선경은 책상 앞을 떠나지 않았다. 그녀는 김두만과 영상 통화를 했다. 영상 통화 속 김두만은 가슴에 불길한 예감을 안은 채 물었다.

"대화 내용 다 들었지? 민 이사 말 믿어도 될까?"

"다 거짓말이에요. 민동현은 이혼한 와이프한테 미련이 있어서 송도에 살고, 정수식품 한국 지사 털려 돈줄도 끊겼어요. 여자 없고 돈 없고, 자존감이 바닥이에요."

김두만이 발끈하듯 눈썹을 꿈틀거렸다.

"민동현이 돈이 왜 없어? 정수식품 금고에 손만 대면 돈이 나오는데."

이선경은 통화를 하면서 가볍게 스트레칭을 했다.

"그건 민 사장 돈이죠. 민동현에게는 아버지 돈에 손을 댈 깡이 없어요. 부동산, 차도 본인 명의가 아니고 정수식품 월급으로 살았어요. 와이프한테 이혼 당해, 돈줄 끊겨. 그러니 얼마나 외롭겠어요."

그 말에 김두만은 동의할 수 없었다. 그는 잔수염으로 까칠한 턱을 만지며 말했다.

"대한민국에 안 외로운 아저씨가 있나?"

"외로운 아저씨에겐 협박보다 로맨스가 통해요."

그 말에 이제 알겠다는 듯 김두만의 표정이 밝아졌다.

"그렇지. 여자랑 달달한 연애도 하고 배꼽도 맞추고."

"달달할지, 질퍽할지는 엔딩을 찍어봐야 알아요."

청초한 이선경의 얼굴에 은은한 미소가 피었다. 영상 통화를 끝낸 그녀는 기분 좋은 듯 눈을 감았다.

***

송도 오피스텔 창에 귤색 햇살이 비스듬히 비쳐드는 저녁나절이었다. 민동현은 바닥에 앉아 뜨거운 물을 채운 컵라면을 바라봤다. 밥 사 먹을 돈이 없어서 컵라면으로 끼니를 때웠다. 정수식품 한국 지사가 지능범죄수사팀에 털렸지만 그에게 불통이 튀지 않았다. 중국이든 필리핀이든 도망갔어야 했는데 이혼한 와이프가 보고 싶어 그렇게 하지 못했다. 정수식품 본사에서 보내주던 돈도 끊기고 경찰에게 붙잡힐까 봐 외출도 자제했다. 마치 자신이 위험을 느끼고 목을 움츠리는 거북이 같았다. 언제까지 이렇게 쥐 죽은 듯 살아야 하나, 가슴이 답답했다.

그는 정수식품 한국 지사에서 발생한 수익을 위안화로 환전하는 업무를 담당했지만 제대로 일을 하지 않았다. 대림역에서 연변 웨딩홀을 운영하는 오 사장이 민동현 일까지 했다. 연변 웨딩홀은 한국에 거주하는 조선족들에게 인기 많은 결혼식장이었다. 하지만 주 업무는 중국 본사에 인력 선발 제공, 위안화 환전이었다.

골프에 빠져 일을 하지 않고 한 발 떨어져 있던 민동현은 정수식품 한국 지사, 연변 웨딩홀에 직함이 없었다. 그래서 박 이사와 오 사장은 보이스피싱 수사에 메인 요리였고, 민동현은 쓰끼다시도 되지 못했다.

민동현이 놀기만 한 것은 아니었다. 정수식품 한국 지사가 털리기 두 달 전 박 이사가 수익의 일부를 빼돌리고 있다는 제보를 받았다. 거기에서 끝나지 않고 제보자가 박 이사의 차명계좌들까지 자세히 알려줬다. 제보자는 정체를 밝히지 않았다. 하지만 정수식품 한국 지사의 수익과 박 이사 비자금의 흐름까지 알고 있었다. 이 정도면 제보자는 정수식품 관계자가 틀림없었다.

누가? 왜? 나한테? 이런 정보를? 민동현은 제보자 찾는 일은 포기하고 정수식품의 대표인 아버지에게만 보고했다. 아버지는 다른 사람이 자기 돈에 손을 대는 걸 극도로 싫어했다. 그래서 박 이사의 차명계좌들을 알게 되면 그를 야산에 생매장시킬 거라고 생각했다. 그러나 아버지의 지시는 두 가지였다.

"환전하지 말고 기다려라!"

"연말에 박 이사를 중국 본사로 보내라!"

정수식품 본사는 지능범죄수사팀과 공안의 공조 수사를 핑계로 환전 업무를 중단시켰다. 그것을 통해 박 이사가 돈을 빼돌리는 것부터 막았다. 이젠 연말에 중국 본사로 박 이사만 보내면 되겠구나, 그럼 크리스마스 선물로 생매장당하겠지, 땅속에 묻힌 박 이사를 생각하며 하루하루 즐겁게 보냈는데 현실은 이상하게 흘러갔다. 박 이사에게 불행인지 다행인지 모르겠지만 그는 생매장을 피하고 지능범죄수사팀에게 검거됐다.

정수식품 본사에는 확실하게 불행이었다. 개업한 지 얼마 되지 않은 구로, 대림의 콜센터들, 정수식품과 직원들 은행 계좌까지 털렸다. 가장 큰 걱정은 박 이사와 오 사장이 지능범죄수사팀에게 어디까지 정보를 불지였다.

교도소 수감은 몇 년이면 끝나지만, 조선족 커뮤니티를 활용해 계속 사업을 해야 하는 오 사장은 정수식품 본사를 배신하지 않을 확률이 높았다. 그러나 박 이사는 달랐다. 정수식품의 돈을 빼돌리고 있던 상태라 지능범죄수사팀에게 정수식품 본사 정보를 넘기고 하루라도 빨리 출소하려고 할 것이다. 차명계좌들 돈을 떠올리며 희망찬 미래를 꿈꾸겠지, 그는 박 이사에게 실형이 선고되면 수감된 교도소로 찾아가 접견할 계획이었다. 물론 자신이 가는 게 아니라 정수식품 본사에서 파견한 직원이 갈 것이다. 차명계좌들에 대해 알고 있으니 입을 함부로 놀리지 말라고 협박하겠지.

희망찬 미래가 사라지고 눈앞이 깜깜해져 절망에 빠진 박 이사를 생각하니 민동현의 입술 사이로 웃음이 새어나왔다.

'3분이 지났네….'

신세를 한탄하고 과거를 생각하다 보니 컵라면을 잊었다. 그가 컵라면 뚜껑을 열 때 세컨드 폰으로 전화가 걸려왔다. 정수식품 임원들과 통화하는 대포폰이라 그는 튕겨나가듯 자리에서 일어났다. 매트리스 위에 놓인 스마트폰이 힘차게 진동했다. 그는 황급히 손을 뻗어 발신자를 확인했다. '미친년' 이름이 떠 있자 짜증스레 통화를 받았다.

"너 내 번호 어떻게 알았어?! 이거 정수식품 임원만 아는 거야!"

"동생이 알려줬어요."

5억을 달라고 했던 여자의 목소리였다. 내 돈을 찾아주겠다는 억지스러운 주장을 자신만만하게 말한 미친년이다. 그냥 무시하면 되는데 전화를 끊고 싶지 않았다. 심지어 호기심까지 생겼다.

"동생이 누군데?!"

"김. 지. 환."

민동현이 김지환 이름을 나지막이 읊조렸다. 그러고는 누군지 모르겠다는 듯 고개를 갸우뚱거렸다.

"김지환이 누구야?"

"정수식품에서 수행비서로 일했어요."

그 설명에 한 남자가 머릿속에 떠올랐다.

"아, 박 이사 밑에서 일하던 예쁘장하게 생긴 놈. 깜빵 갔잖아."

"엄마 수술비 벌겠다고 대학 중퇴하고 보이스피싱 시작한 애예요…."

여자는 잠시 뜸을 들인 다음 울먹이며 말했다.

"누굴 때린 것도 아니고 돈 배달만 했는데 2년을 선고받았어요."

여자의 울먹이는 목소리에 민동현은 뭐라고 대답해야 할지 몰라서 잠자코 있었다. 폰 너머로 더 슬픔이 담긴 여자의 목소리가 들렸다

"그 소식을 듣고 엄마는 몸이 더 안 좋아지고, 밀린 병원비도 필요하고…. 정수식품 사람들에게 복수하고 싶었어요…."

여자가 말끝을 흐렸다. 침묵이 흘렀다. 그녀의 슬픔이 민동현의 마음속으로 전해졌다. 그는 처량한 표정으로 오피스텔 안을 둘러봤다.

"너나 나나 팔자가 왜 이러냐? 울고 싶을 때 참는 거 아니야. 계속 울어."

위로하는 마음을 담아 말했다. 그러고는 깊숙이 한숨을 내쉬고 이제 전화를 끊자 생각했다. 그때 엉엉엉 소리가 들렸다. 여자가 소리 내어 울었다. 그 울음소리가 너무 아프고 슬퍼서 같이 울고 싶을 정도였다.

1번 콜부스에 앉은 이수진이 충혈된 눈으로 모니터를 노려봤다.

매뉴얼에 눈물을 흘려라, 메모가 있었다. 눈물이 필요했다. 그래서 민동현과 통화를 하면서 슬픈 생각을 했다.

학비와 생활비를 벌기 위해 했던 다양한 알바들, 추운 겨울 온수가 나오지 않는 주방에서 찬물로 설거지를 했을 때, 예쁘지 않아서 손님에게 인기 없겠다며 카페 면접에서 무시당했을 때, 학자금 대출이 되지 않아 현금 서비스를 받았을 때…. 학비와 생활비를 벌기 위해 애썼던 시절만 떠올랐다. 그러나 두 눈에서 눈물이 떨어지지도 눈가에 눈물이 고이지도 않았다.

엉엉엉 우는 소리는 이수진 옆에서 들려왔다. 그녀 옆에서 김두만이 대포폰을 들고 서 있었다. 대포폰에서 '대성통곡' 음성파일이 플레이되고, 슬픈 울음소리가 흘러나왔다.

2번 콜부스에서 김나영은 스마트폰 타이머 기능으로 시간을 체크했다. 음성파일에서 울음이 진정되고 훌쩍거리는 소리가 들렸다. 김나영이 타이머를 확인하자 3분 30초를 지나고 있었다. 그녀가 시간이 됐다는 신호로 스마트폰을 흔들자 김두만이 음성파일을 정지시켰다.

민동현은 매트리스 위에 앉아 창밖 야경을 바라봤다. 여자의 울음소리가 멈췄다. 펑펑 운다고 가슴에 깊숙이 박힌 슬픔이 사라지지 않을 것이다. 하지만 슬픔을 잘 덮을 수 있는 힘, 하루하루 살 수 있는 힘을 줬다.

"다 울었어?"

"울고 나니까 기분이 좀 괜찮아졌어요."

"너 진짜 서럽게 울더라. 동생 이름은 김지환이고, 네 이름은 뭐야?"

"김나영이에요."

이수진이 가짜 이름으로 김나영을 사용했다. 그녀가 가짜 이름을 대자마자 민동현은 둘 사이에 거리가 좁혀진 듯했다.

"김. 나. 영. 한참 오빠니까 말 놔도 되지?"

"네에. 민 이사님."

"이사는 무슨? 이제 개털인데. 그냥 오빠라고 불러."

그의 입술에서 부드러운 목소리가 흘러나왔다. 그의 눈동자는 마음속 흥분을 말해주듯 빛나고 있었다.

1번 콜부스 이수진은 수줍은 듯 고개까지 숙이며 말했다.

"네에, 오빠. 오늘 고마웠어요."

감사의 인사를 끝으로 전화를 끊었다. 김두만이 이수진에게 연기를 잘했다며 소리 나지 않게 공감 박수를 쳤다. 이수진은 그리 싫지 않은 기색으로 의자에 몸을 기댔다.

김나영은 이수진을 바라보며 떨떠름하게 얼굴을 붉혔다. 이수진의 콜에서 자신이 이름이 튀어나왔기 때문이었다. 모니터를 보는 이수진은 콜이 즐거워 죽겠다는 듯 환하게 웃고 있었다. 그 표정에 머릿속에는 하고 싶은 말들이 가득했지만 김나영은 아무 말도 하지 못했다.

김두만은 퇴근하라는 말을 하고 대표실로 갔다. 곧바로 책상 앞에 앉더니 외근 중인 최성욱에게 수금을 확인하는 문자를 전송했다. 그때 무선 이어폰을 통해 이선경의 목소리가 들렸다.

"오늘 수고하셨어요. 다음 단계로 넘어갈게요."

"뭐부터 할까?

"선수 교체."

김두만은 CCTV 쪽으로 시선을 돌렸다. 지금 이선경은 감시 모니터를 통해 자신을 보고 있을 것이라고 생각했다. 그래서 그는 알겠다는 뜻으로 두 팔을 머리 위로 올려 하트 표시를 했다.

10장
호구폰

아침부터 장대비가 내렸다. 지각을 하지 않으려고 이수진은 빗속을 뛰었다. 바짓단이 빗물 세례를 받아 금세 거뭇거뭇 색깔이 변했다. 운동화 속 양말도 젖었다. 수건을 짜듯 바짓단에서 빗물을 빼내고, 1번 콜부스에 앉자마자 운동화와 양말을 벗었다. 젖은 운동화는 콜부스 아래쪽에 비스듬히 기댄 채 세워놓았다. 양말은 쓰레기통에 버렸다. 천 원을 아끼려고 양말을 빨고 싶지 않았다. 편의점에서 새 양말을 사면 됐다.

이젠 수입이 늘었으니 구질구질하게 살고 싶지 않았다. 그 마음으로 콜을 하자 오전 실적이 좋았다. 점심시간이 됐지만 식사보다는 콜을 하고 싶었다.

이수진은 콜을 쉬었지만 김나영은 PC 메신저로 메시지를 주고받았다. 대화 상대는 민동현이었다. 오늘은 민동현 담당자가 이수진에서 김나영으로 바뀌었다.

이수진은 무슨 대화를 하고 있을까, 호기심 가득한 시선으로 김나영을 바라봤다. 김나영은 화장을 하지 않았다. 민낯인데 피부는 촉촉했고, 눈을 깜빡일 때마다 가늘고 긴 속눈썹이 움직였다. 저런 얼굴이 아나운서감이지, 나도 저렇게 예쁜 얼굴이었다면 쉽게 취직할 수 있었겠지, 지금보다 사는 게 편했겠지, 현실을 원망하고 삐뚤어진 생각을 했다.

2번 콜부스 김나영은 대화에 집중할 수 없었다.
[면접은?]
민동현의 메시지에 답을 하지 못했다. 자기 경험까지 보이스피싱에 사용해야 하나 거부감이 들었다. 그렇다고 이 일을 포기한 것은 아니었다. 그녀는 마음을 다잡으려는 듯 주먹을 꽉 쥔 후 키보드 위에 손을 올려놓았다.
[떨어졌어.]
메시지를 보내자마자 답 메시지가 전송됐다.
[어디 면접 본 거야? 오빠가 좋은데 취직시켜 줄까?]
김나영은 톡 대화창을 바라보며 매뉴얼을 떠올렸다. 취직시켜 줄까에 대한 대응 방법은 없었다. 그녀는 2번 콜부스 파티션 앞에 서 있는 김두만을 바라봤다. 빨리 답을 달라는 눈빛을 보내자 김두

만이 미간을 찌푸렸다. 그는 무선 이어폰에 집중하고 있었다. 무선 이어폰을 통해 이선경의 지시를 들은 후 입을 열었다.

"아나운서 시험 경험담 썰을 풀어. 슬픈 걸로. 아니면 좋은 데 취직시켜 달라고 해."

그때 오덕규가 끼어들었다.

"톡에 찬바람이 쌩쌩 부네. 귀엽게 이모티콘 좀 넣어줘."

그는 3번 콜부스에서 톡 대화창을 보며 잔소리를 했다. 김나영은 무시하듯 말했다.

"그건 내 스타일이 아니라서."

"에헤, 이 타이밍에선 오빠를 살살 녹여드려야지."

오덕규는 자신만만한 표정으로 손을 내밀었다. 김나영이 가만히 있자 "대포폰."이라고 말하면서 가볍게 손을 흔들었다. 그녀가 파티션 너머에 서 있는 김두만에게 시선을 돌렸다. 어떻게 해야 하는 지 물어보듯 바라봤다.

"하나리서치는 애드립 금지야."

김두만이 단호하게 말했다. 그런 반응에 기죽지 않고 오덕규는 입가에 웃음을 띠며 말했다.

"내가 메신저 카사노바예요. 톡으로 꼬신 여자가 주둥이로 꼬신 여자보다 많아요. 성과급이나 잘 챙겨주세요."

"아저씨를 어떻게 꼬실 거야?"

무선 이어폰을 통해 이선경의 말이 들렸다. 곧바로 김두만이 질문을 했다.

"아저씨를 어떻게 꼬시려고?"

"오빠를 살살 녹이고 툭 밀어낼 거예요."

김두만은 다시 미간을 찌푸리며 무선 이어폰에 집중했다. 이선경이 고민하고 있는지 조용했다. 잠시 후 키보드를 두드리는 소리가 들렸다. 뭘 하는 걸까? 남자 꽃뱀 경력이 있는지 오덕규 프로필을 살펴보고 있는 걸까? 이런저런 생각을 하고 있을 때, 이선경의 지시가 떨어졌다.

"대타 콜!"

그 말을 들은 김두만이 김나영에게 눈짓한다. 그녀가 대충 손을 뻗어 오덕규에게 이수진의 대포폰을 건네줬다. 오덕규는 재밌어 죽겠다는 듯 표정으로 이수진의 대포폰으로 메시지를 작성했다. 그의 손가락이 종이비행기 모양의 전송을 터치하자마자 PC 메신저 대화창에 메시지가 떴다.

[오빠가 방송국에 취직시켜 줄 수 있어? ^^]

[방송국?]

[아나운서가 내 꿈이야. 3차까지 갔는데 떨어졌어 ㅠ_ㅠ]

오덕규는 장난스러운 미소를 지으며 메시지를 보냈다.

[종편에 대학 선배 있는데 다리 놔줄까?]

[종편 NO~ 공중파 아나운서가 목표라서.]

[빽 없어도 돼? 오빠가 돈 좀 뿌려줘?]

[내 힘으로 3차까지 갔어. 담엔 4차까지 가서 당당하게 합격할 거야!!! 나 합격하면 오빠가 축하주 사줘.]

그렇게 메시지를 보낸 오덕규가 농염한 얼굴로 대포폰을 바라봤다. 윙크하는 귀여운 이모티콘 메시지를 보냈다. 그러고는 대포폰을 보면서 윙크까지 했다. 그것을 지켜본 김나영은 못 볼 걸 봤다는 듯 인상을 찌푸렸다.

오덕규의 귀여운 허세는 효과가 있었다. 저녁 이후에도 민동현이 이수진의 대포폰으로 메시지를 보냈다. 하나리서치 업무는 끝났지만 이수진의 휴대폰은 톡 알림 소리로 바빴다.

자정에 가까워졌을 때 알림 소리가 들렸다. 1번 콜부스에서 자다 깬 이수진이 졸린 눈으로 대포폰을 챙겼다. 곧장 2번 콜부스로 대포폰을 넘기면 김나영이 엎드린 채 손만 뻗어 3번 콜부스로 대포폰을 건네줬다. 또 메신저 알림 소리가 들리자 오덕규는 짜증 난 얼굴로 대포폰을 들여다봤다

[나영아 자?]

[오빠 한잔했다. 영종도에서 와이프랑 만나기로 약속했는데 바람 맞았어.]

재빨리 눈으로 메시지를 읽었다. 그는 빈정거리는 미소를 띠우며 빠르게 메시지를 작성했다.

[술 또 마실 거 아니지? 톡 그만하고 씻고 자.]

민동현은 김나영의 메시지만 기다렸는지 금세 답 메시지가 전송됐다.

[너는?]

[공부하다 자려고.]

[무슨 공부?]

[발성 공부.]

분명 발성 공부라고 했는데 이수진의 대포폰으로 민동현의 전화가 걸려왔다. 오덕규는 발신번호를 보면서 피식 웃었다. 외로운 호구가 덫 안으로 몸을 밀어 넣고 있다. 그가 휘파람을 불면서 대포폰으로 김나영의 어깨를 찔렀다. 김나영은 대포폰을 받자마자 이수진에게 건네줬다. 이수진이 대포폰을 귀에 갖다 댔다.

"나영아, 오빠야."

술기운이 돈 탓인지 민동현의 발음이 정확하지 않았다. 이수진은 눈으로 태블릿 속 매뉴얼을 확인했다. 토킹바에서 일하는 여성들의 대화법이 메모되어 있었다. 그녀는 아양을 떨듯 웃으며 말했다.

"오빠 목소리 듣고 싶었어~."

그렇게 시작된 대화는 자정을 넘어서까지 계속됐다. 통화 시간이 60분을 넘어가자 이수진의 얼굴은 미소를 짓고 있었지만 입 주위에 경련이 일어났다. 민동현은 술이 깼는지 발음이 정확해지고 목소리까지 밝아졌다.

오피스텔에서 통화 내용을 듣던 이선경은 확실하게 한 가지를 알 수 있었다.

'민동현이 이수진과의 대화를 좋아한다!'

지금 그의 얼굴을 볼 수 없지만 틀림없이 생기가 가득한 표정으로 통화를 하고 있을 듯했다. 그녀는 민동현 매뉴얼을 공개했을 때 김두만에게 확신에 찬 목소리로 말했다.

"지금 우리가 하는 일은 믿음을 심어주는 작업이에요. 여자에 대한 믿음이 생기면 이성적 판단이 약해져요. 그 순간부터 호구가 되는 거죠. 사랑에 빠진 호구는 호구 중에 호구. 수익률이 가장 높은 호구."

***

민동현은 자신이 송도 오피스텔에 수감된 신세라고 생각했다. 지능범죄수사팀이 활발하게 수사하는 중이라 정수식품 본사도 갈 수 없고, 돈까지 끊겨 손발이 묶인 상태였다. 오피스텔은 정수식품 한국 지사와 연결 고리 없이 차명으로 구입한 것이지만, 경찰이 찾아내 현관문을 부수고 들이닥칠 듯했다.

누군가 감시하고 있는 듯해 꼭 필요한 경우에만 외출을 했다. 외출을 할 때는 수시로 주위를 두리번거리며 미행을 하는 사람이 있나 확인했다. 이래저래 미행은 따돌릴 수 있어도 사방에 CCTV가 설치되어 있었다. CCTV를 피해서 마트에 가고, 피트니스를 이용하고, 차로 이동하는 것은 불가능에 가까웠다.

매일매일 불안하고 가슴이 답답했다. 그런 그에게 김나영이란 여자와의 메시지, 전화 통화는 유일하게 숨 쉴 수 있는 시간이었다. 몇 달 전 민동현이었다면 이렇게까지 빠져들지 않았을 것이다. 그러나 태평양 한가운데 섬에 혼자 사는 것처럼 고립된 상태라 이성적인 판단이 약해졌다. 자신이 처한 상황이 어떤지 생각하지 못하고 김나영의 메시지만 기다렸다.

민동현은 매트리스 위에 누워 있었다. 그의 얼굴 위로 대포폰 불빛이 내려앉았다. 톡 대화창을 보는 그의 눈은 반짝반짝 빛나고 있었다. 김나영이 사진을 전송했다. 사진 속 김나영은 뉴스 앵커 복장에 등을 꼿꼿이 세우고 입가에 미소를 짓고 있었다.

민동현은 엄지와 검지로 그녀의 얼굴을 확대했다. 뚜렷한 이목구비에 미소까지 띠자 섹시하게 느껴졌다. 예쁘다, 똑똑하다 말을 많이 들으면서 성장하고, 나긋나긋한 목소리와 달리 당찬 여성일 듯했다. 사진 한 장에 행복한 생각이 꼬리에 꼬리를 물었다. 그의 입이 기쁨을 억누르지 못하겠다는 듯 활짝 벌어졌다.

그 이후로 민동현과 김나영의 메시지 대화, 통화 시간이 짧아졌다. 왜 그래야 하는지 김두만이 물었을 때 이선경이 대답했다.

"여자의 메시지를 기다리게 만들고, 목소리를 듣고 싶게 만들고, 얼굴을 보고 싶게 만들고. 민동현이 한 발 더 덫 안으로 들어오게 만드는 타이밍이에요."

답변을 들은 김두만은 턱을 쓰다듬으며 한참 동안 골똘히 생각에 잠겼다. 뭔가 정체를 알 수 없는 걱정이 심장을 움켜쥐고 있었다.

그 마음을 비웃기라도 하듯 민동현은 한 발 더 덫 안으로 들어오는 것을 넘어 머리까지 쑤셔 넣고 있었다. 그는 불안한 생각이 떠오를 때마다 자신의 처지를 비관할 때마다 김나영과 대화를 하고 싶었다. 그녀에게 메시지를 보내려다가 마음이 바뀌었다. 그녀의 목소리를 듣고 싶어 메신저 통화를 걸었다. 하지만 상대가 받지 않자 민동현은 실의에 빠졌다.

그의 마음을 더욱 궁지로 몰아넣기 위해 이수진이 대포폰으로 메시지를 전송했다.

[아나운서 학원이야. 이따 연락할게.]

그러나 그녀는 연락을 하지 않았다. 날 피하는 건가, 초조해진 민동현이 메신저 화상통화를 사용했다. 하지만 그마저 실패하자 그는 자리에 털썩 주저앉았다. 느닷없이 실연당한 사람처럼 눈가에 눈물이 고였다. 손에 쥔 대포폰을 바라보며 시간만 보냈다. 볼은 홀쭉해지고 눈은 신경질적으로 변했다.

[자다 일어나서 얼굴 엉망이야. 내일 이야기해.]

짧막한 메시지를 읽고 주르륵 눈물을 흘렸다. 당장 전화를 걸고 싶었지만 내일 이야기해, 라는 메시지가 손을 움직이지 못하게 만들었다. 자다 일어나서 얼굴이 엉망이니까, 아나운서 시험 준비하느라 많이 피곤할 거야, 그런 생각으로 마음을 억누르며 매트리스 위에 대포폰을 내려놓았다. 그녀를 귀찮게 하면 연락을 할 수 없는 사이가 될 것 같았다. 그녀가 없으면 난 진짜 독방에 갇힌 신세야, 라고 속으로 되뇌었다.

***

이수진은 김나영 역할을 하는 게 즐거웠다. 예쁜 외모, 깨끗한 피부, 인서울 4년제 대졸, 아나운서 지망생. 김나영의 과거, 현재, 미래가 다 내 것인 듯 민동현과 통화를 했다. 그와 이야기하는 건 즐겁지 않았다. 김나영인 척 연기를 하는 게 즐거웠다.

민동현은 김나영에 대한 호기심이 부풀대로 부풀어 있었다. 그래서 자꾸 뭔가를 시켰다.

"나영이는 뉴스 앵커 하면 잘할 거야. 지금 한번 해봐. 오빠가 어떤지 이야기해줄게."

"부끄러운데."

그렇게 말하는 이수진의 볼이 빨개졌다. 그녀는 몸 둘 바를 모르는 듯 수줍어했다.

민동현은 김나영의 표정을 보지 못했지만 수줍어하는 목소리만으로 충분했다. 가슴이 뜨거워지고 흥분이 됐다. 대포폰을 갖다 댄 귀까지 빨개졌다. 그는 입가에 웃음을 띤 채 말했다.

"오빠잖아. 편하게 해."

이수진이 모니터를 보자 톡 창이 깜빡거렸다. 톡 창을 클릭하자 김나영이 보낸 문서 파일이 눈에 들어왔다. 그녀는 재빨리 문서 파일을 클릭했다. 문서는 뉴스 대본이었다.

이수진은 눈으로는 뉴스 대본을 살피고 손으로는 김나영에게 오케이 사인을 했다. 그녀는 지금부터 난 뉴스 앵커 김나영이다,

스스로에게 주문을 걸었다. 허리를 꼿꼿이 하고 가슴을 쭉 폈다. 그 순간 이수진의 눈동자에는 진지한 빛이 어렸다.

"올 1분기 소득 하위 20% 가구의 근로소득 감소세가 지속된 것으로 나타나면서, 박상철 경제부총리는 우리 경제의 어려운 상황을…."

그녀는 침착하게 뉴스 대본을 읽어나갔다. 2번 콜부스에서 김나영은 관심 없는 척하면서 신경을 곤두세우고 듣고 있었다. 또렷한 시선, 정확한 발음, 뛰어난 전달력. 이수진의 실력에 김나영의 손이 멈췄다. 오늘 영업해야 할 호구에게 콜하는 것도 잊고 이수진을 바라봤다. 그녀의 눈은 이수진의 얼굴에서 떠나지 않았다. 내가 저런 실력과 자신감 넘치는 태도로 뉴스 브리핑을 했으면 이미 공중파 아나운서가 됐을 거야, 라는 생각까지 했다.

이수진이 뉴스 대본을 다 읽었다. 헤드셋으로 기운이 넘치는 민동현의 목소리가 들렸다.

"뉴스가 귀에 쏙쏙 들어와! 목소리도 좋고. 우리 나영이 지금 당장 8시 뉴스 앵커 해도 되겠어!"

이수진은 뉴스 대본을 읽는 데 집중해 진짜 앵커처럼 했는지 어설펐는지 알 수 없었다. 그녀가 2번 콜부스에 앉은 김나영에게 눈짓으로 어땠는지 물었다. 김나영은 말없이 입가에 미소를 지었다. 겉으로는 태연한 척했지만 기분이 가라앉았다. 자그마한 몸에 평범한 얼굴, 그저 그런 학벌, 별다른 능력이 없어 보였던 친구가 하나리서치에서는 반짝반짝 빛나고 있었다.

이수진은 민동현 매뉴얼에 따라 일상 사진을 틈틈이 촬영했다.

아침엔 요거트와 시리얼, 점심엔 커피와 케이크, 저녁엔 치맥과 와인. 특별할 것 없는 일상, 전부 자기 얼굴이 노출되지 않은 사진들이었다. 그것들을 톡을 통해 민동현에게 보냈다. 그녀는 왜 이런 사진을 보내야 하는지 김두만에게 물었다. 그의 대답은 간단했다.

"여자가 보낸 사진들은 호구에게 던지는 미끼야. 돈은 적게 들면서 효과가 좋은 미끼."

민동현도 김나영에게 일상 사진을 보냈다. 선글라스 낀 셀카, 인천 앞바다, 순댓국, 촌스러운 사진들이었다. 그는 자신을 숨기지 않고 드러냈다.

"오빠 셀카 진짜 못 찍는다."

일상 사진을 공유한 지 얼마 되지 않아 김두만이 이수진에게 URL 링크 메시지를 보냈다. 그것을 확인한 이수진은 헤드셋으로 통화하면서, 민동현의 톡으로 URL 링크를 보냈다.

"오빠 톡으로 보낸 링크 그거 셀카 앱이거든. 다운 받아. 그걸로 사진 찍으면 예쁘게 나와. 오빠도 아이돌처럼."

민동현은 전화를 끊고 URL 링크 메시지를 확인했다. 그러고는 별 생각 없이 URL 링크를 터치했다. 그러자 대포폰 화면에 포토앱 다운로드 표시가 떴다. 1분도 되지 않아 다운로드가 끝났다.

그 순간 이선경의 오피스텔 책상 위 모니터에 휴대폰 화면이 떴다. 민동현의 세컨드 대포폰 화면이다. 그 앞에 앉은 이선경의 얼굴에 엷은 미소가 담겨 있었다. 며칠 전 그녀는 어떤 URL 링크인지 묻는 김두만에게 말했다.

"호구폰을 좀비폰으로 만드는 링크예요. 호구는 의심 없이 여자가 던진 미끼를 물어요. 자기 폰이 좀비폰이 되는 줄도 모르고."

조심성이 많은 민동현이 덫 안에 갇혔다. 이선경은 자신을 보이스피싱의 늪에 밀어 넣고 보이지 않는 끈으로 조정하던 인간들을 떠올렸다. 그 인간들이 돈을 잃고 괴로워할 것을 생각했다. 그녀는 자신이 원하는 미래에 한 발 더 가까워져 기분이 좋았다. 그녀의 눈에 모니터에 비친 자신의 얼굴이 들어왔다. 눈이 보이지 않을 정도로 활짝 웃고 있었다.

***

이선경은 위스키를 벌컥 하고 한 입에 털어 넣었다. 그러자 안구 속까지 저릿한 느낌이었다. 그녀는 손에 든 위스키 잔을 바라봤다.

"사기 치는 실력도 늘고, 주량도 늘고… 착하게 살긴 글렀어…."

가벼운 혼잣말이었는데 을지로 바 안이 조용해 옆자리에 앉아 있는 김두만에게까지 들렸다. 김두만이 바텐더에게 손짓했다. 새로운 바텐더가 김두만 앞에 위스키 잔을 내려놓고 물러섰다. 김두만이 걱정하는 눈빛으로 슬쩍 이선경을 바라봤다.

"착하게 살아서 뭐하게? 배고픈 착한 놈보다는 배부른 나쁜 놈이 좋아."

"민동현이 앱 설치했어요."

"이제 민 이사 폰은 우리 꺼네. 우리 이 대표 매뉴얼대로 착착 진행되고 있어."

 김두만이 위스키 잔을 향해 손을 뻗었다. 그의 손이 위스키 잔에 닿기 전에 이선경의 손이 위스키 잔을 가로챘다. 그녀는 다시 위스키를 한 입에 털어 넣었다. 그러고는 텅 빈 위스키 잔을 김두만의 얼굴 앞에서 흔들었다.

 "술은 일 끝날 때까지 참으세요."

 김두만이 불쾌하다는 듯 얼굴을 찌푸렸다.

 "똥개가 똥을 참지…. 낮엔 사기 치는 맛으로 살고, 밤엔 무슨 맛으로 사나?"

 불만 섞인 목소리로 말했지만 더 이상 따지고 들지 않았다. 김두만은 알코올 중독으로 가족을 잃었다. 힘들게 술을 끊고 흥신소처럼 남 뒷조사하는 일로 돈을 벌면서 겨우 사람 구실을 했다. 그는 더 이상 용돈벌이로는 돈을 모을 수 없었다고 판단했다. 더 늙기 전에 크게 한몫 챙기려면 이선경을 도와야 했다. 거기까지 생각하자 더 이상 위스키가 땡기지 않았다. 그는 이선경의 설명에 집중했다.

 "좀비폰이 보이스피싱에 사용된 것처럼 작업을 해서 민동현 주거래 은행 계좌까지 막을 거예요."

 이선경이 보이스피싱이라는 말을 하자 묘한 열기가 느껴졌다. 왜 민동현을 노출시키려는 걸까, 김두만은 마음에 짚이는 게 있었지만 순간적으로 시치미를 뗐다. 그는 이선경에게 맞장구치듯 말했다.

 "어쩌나, 우리 민 이사. 계좌까지 털리면 김밥 사 먹을 돈도 안

남겠어."

"이제 민동현에게 돈을 뿌릴 타이밍이에요. 우린 정신 똑바로 차릴 타이밍이고요."

이선경이 배에 힘을 넣고 각오를 다졌다. 그녀가 차가운 눈빛으로 김두만을 바라봤다. 이젠 사소한 실수도 결코 어물쩍 넘기지 않겠다는 눈빛이었다.

11장
텃밭

평일 밤 주말 농장 텃밭은 조용했다. 하지만 오늘 밤은 달랐다. 이선경이 어둠이 내려앉은 텃밭 위로 자동차 헤드라이트 불빛을 비쳤다. 그제야 텃밭 앞에 세워놓은 '하나 텃밭' 팻말이 보였다. 그 뒤로 5평 크기의 직사각형 모양 텃밭이 있었다. 그 가운데에 구덩이가 있었다. 김칫독을 묻을 수 있는 구덩이 속에는 김장 비닐로 감싼 물건들이 보관되어 있었다.

구덩이 밖에 서 있는 김두만이 옆으로 한 발 물러섰다. 그러자 김장 비닐 위에 헤드라이트 불빛이 닿았다. 그러자 5만 원권 현금 다발이 드러났다. 김장 비닐로 감싼 물건들은 5만 원권 현금이었다. 이선경이 구덩이 옆으로 다가오자 김두만이 구덩이를 내려다

보며 말했다.

"평당 20만 원짜리 땅이 3천만 원짜리가 됐네."

그가 생글생글 웃으며 물었다.

"왜 사기 친 돈을 땅에 묻어? 불려야지."

"돈이 돈을 벌어줄 거예요."

"돈을 땅에 묻었는데 뭔 수로?"

이선경의 설명이 부족했다. 그래서 김두만의 얼굴에는 의심의 빛이 일렁였다. 그녀가 손을 내밀자, 김두만이 대포폰을 건네줬다. 김두만의 그림자에 가려 흙더미 옆에 앉아 있는 남자의 얼굴을 알아볼 수 없었다. 대포폰을 챙긴 이선경이 남자에게 걸어갔다. 김두만은 더 이상 묻지 않고 얌전히 그 뒤를 따라갔다.

김두만의 그림자에서 벗어나자 흙더미 옆에 앉아 있는 최성욱이 드러났다. 어둠에 적응했던 눈에 헤드라이트 불빛이 닿자 최성욱이 눈을 찡그렸다.

이선경이 최성욱 옆에 서자 짙은 땀 냄새가 났다. 최성욱의 이마에 맺힌 땀이 헤드라이트 불빛을 받아 반짝반짝 빛나는 작은 알갱이처럼 보였다. 이선경이 한숨 돌리고 있는 최성욱에게 말했다.

"덮어요."

그 지시에 최성욱은 가벼운 현기증이 났다. 구덩이를 판 지 얼마나 됐다고 다시 덮으라니, 휴우- 깊은 한숨을 쉬었다. 그녀 옆에서 김두만이 거들었다.

"파는 것보다 덮는 게 쉬워."

얄미운 말에 최성욱의 뺨이 바들바들 떨렸다. 그는 목까지 올라온 짜증을 꿀꺽 삼키고 일어섰다. 그러고는 흙더미에 꽂아둔 삽을 보며 씩 웃었다. 삽질해서 돈 벌자, 혼잣말을 중얼거리면서 삽 손잡이를 꽉 쥐었다. 그는 삽으로 흙을 퍼서 구덩이에 넣었다. 투둑- 김장 비닐 위로 흙 떨어지는 소리가 어둠속으로 퍼져나갔다.

갑자기 흙 소리가 멈췄다. 최성욱이 짓궂은 눈빛으로 김두만을 바라보더니 삽 끝으로 흙더미를 가리켰다. 흙더미에 삽이 한 개 더 꽂혀 있었다. 김두만은 삽질을 하고 싶지 않았다. 그는 왼손을 부채 삼아 얼굴에 미지근한 밤공기를 부쳐댔다.

"왜 이렇게 더워."

더위를 핑계로 쉬고 싶었다. 그러나 이선경까지 쳐다보자 가만히 있을 수 없었다. 김두만은 흙더미에서 삽을 빼냈다.

"빨리 덮고, 고추 심자."

그 말과 함께 삽질을 시작했다. 그는 "고추! 심자!"를 외치며 운동이 부족한 몸을 채찍질했다. 이선경은 하나 텃밭에서 벗어나 대포폰으로 뭔가를 전송했다.

이수진은 1번 콜부스에서 대기 중이었다. 책상 위에 놓인 태블릿에서 메시지 알림소리가 들렸다. 그녀는 기다렸다는 듯 메시지를 확인하니 지도 이미지다. 확대해보니 텃밭 위치에 동그라미가 떠 있다.

그것을 확인한 이수진의 입가는 웃고 있지만 눈에는 진지한 빛이 깃들어 있었다. 곧바로 헤드셋을 착용하고 전화 연결을 했다.

민동현이 전화를 받자 잠시 뜸을 들인 후 말했다.

"오빠… 나… 돈이 생겼어…."

"나영이 로또라도 됐어?"

헤드셋 너머로 웃음 섞인 민동현의 목소리가 들렸다.

그는 후덥지근한 밤공기를 피하기 위해 에어컨 바람이 나오는 쪽에 벌러덩 누워 있었다. 오늘은 만난 사람도 없고 한 마디도 하지 않았다. 집 안에 무거운 침묵만 흘렀는데 천장에서 내려오는 시원한 에어컨 바람에 김나영의 목소리까지 듣자 기분이 좋아졌다.

"그건 아니고… 돈이 생기긴 했는데 찾아야 해."

"무슨 소리야?"

"오빠가 돈 찾는 거 도와주면 반 줄게."

이수진이 던진 말은 작은 돌이 되어 민동현의 마음에 파문을 일으켰다. 민동현이 벌떡 몸을 일으켰다.

"뭔지 자세히 이야기해봐."

이수진은 태블릿 속 한글 문서를 보며 가슴을 쭉 폈다. 그러고는 초조한 표정으로 말했다.

"교도소에 있는 동생이 편지를 보냈어. 주말 농장 텃밭을 빌렸대. 정수식품에서 빼돌린 돈을 숨기려고."

그 말에 민동현은 당황했다. 어떤 표정을 짓고 어떤 말을 해야 하는지 떠오르지 않았다. 잘못 들었나 싶었지만 그건 아니었다. 몇 초 아무 말도 하지 않았는데 몇 분이 흐르는 것처럼 느껴졌다. 그는 혼란스러운 머릿속에서 지금 상황에 맞는 말을 끄집어냈다.

"나 정수식품 이사야. 네 동생이 빼돌린 돈을 왜 나한테 까? 내가 무슨 짓을 할 줄 알고?"

무슨 꿍꿍이가 있는 걸까, 그의 뇌리에 나쁜 생각들이 꿈틀거리기 시작했다.

"오빠는 믿을 수 있어."

"뭘 보고?"

그렇게 말하면서 약간 비꼬는 투가 섞인 미소를 지었다.

이수진은 매뉴얼 메모를 확인했다. 호구가 의심할 경우를 대비한 대사가 메모되어 있었다. 그녀는 슬픈 생각을 하면서 눈시울을 살짝 붉혔다.

"오빤 내 이야기를 들어주는 남자잖아. 나 아나운서 되려면 돈이 필요한데, 돈을 찾으려니 무서워. 혼자 못 하겠어. 오빠가 필요해."

두려움에 떨며 도와달라는 목소리를 듣자 민동현의 마음이 움직였다. 그의 마음을 뒤덮은 의심의 구름이 한순간에 사라졌다.

"나영아, 오빠가 도와줄게. 지금 만나자."

나영이를 도와줘야 해, 그 생각으로 민동현의 심장이 급하게 뛰기 시작했다. 호구가 넘어왔다 생각한 이수진은 침을 꿀꺽 삼키고 한 호흡 쉬었다가 말했다.

"주변에 사람이 있어. 화장실에서 다시 전화할게."

그녀가 전화를 끊자마자, 연락처 리스트에서 원하는 전화번호를 찾았다. 곧바로 전화를 걸었다.

"대표님, 호구랑 통화했어요."

전화가 끊겼다. 김두만이 대포폰을 귀에서 떼어내며 삽질을 하고 있는 최성욱에게 말했다.
"호구가 물었어. 빨리 하자. 시간 없어."
그는 힘차게 삽질을 하는 최성욱을 뒤로 하고 텃밭을 빠져나갔다. 곧바로 헤드라이트 불빛을 내뿜고 있는 자동차 운전석에 앉았다. 대포폰을 거치대에 고정시키고 스피커 기능으로 통화를 했다.
"말해도 돼."
"호구가 지금 만나자고 하는데 어떻게 할까요?"
당장 대답을 요구하듯 이수진의 말이 빨랐다.
"콜할 때까지 대기해."
김두만은 차분하게 말하고 통화 종료를 터치했다. 그가 뒷좌석을 돌아봤다. 뒷좌석에 이선경이 앉아 있었다. 그녀는 무릎 위에 노트북을 올려놓은 채 화면에 집중했다.
"민 이사 대포폰 감시 중이야?"
"아직 정수식품 중국 본사로 전화하지 않았어요. 빼돌린 돈이 진짜인지 아닌지, 이 사실을 본사에 알릴지 말아야 할지 고민하고 있을 거예요. 고민이 길어지면 길어질수록 우리한테 유리해요."
이선경이 민동현의 머릿속을 꿰뚫어보듯이 말했다. 그래서 그녀의 눈에는 민동현의 모든 것을 알고 있는 듯한 으스스한 빛이 깃들어 있었다.

"돈 싫어하는 놈 있나? 돈 앞에 애비 애미도 없어."

김두만이 빈정거리듯 말했다. 이선경이 김두만 쪽으로 노트북 화면을 돌렸다. 화면 불빛이 얼굴을 덮치자 어둠에 익숙해진 김두만이 눈을 가늘게 떴다. 노트북 화면에 민동현의 세컨드 대포폰 화면이 떠 있다. 전화 최근기록에 오늘 어제 부분을 확인하자 이수진의 대포폰 번호만 수십 개 기록되어 있었다. 김두만이 한쪽 입술을 구기며 말했다.

"최근에 통화한 사람이 수진이밖에 없네. 우리 민 이사, 수진이한테 푹 빠졌구만. 아, 나영인가? 예쁜 여자 이기는 놈 없지."

그는 농담 섞인 말을 하고 운전석에 똑바로 앉았다. 후덥지근한 밤공기를 몰아내기 위해 자동차 에어컨 온도를 낮췄다.

그 후 형사가 범인 집 앞에서 잠복근무하듯 김두만은 운전석에 앉아 대기를 했다. 룸미러 속 이선경은 노트북 화면에서 눈을 떼지 않고 있었다. 언제까지 기다려야 하나, 김두만은 다리를 뻗고 잠을 자고 싶었다. 늦은 시각이라 피로가 몰려왔다. 그는 목뒤를 주무르며 룸미러 속 이선경에게 말했다.

"얼마나 지났어?"

"1시간."

"민 이사에게 콜해?"

이선경은 한쪽 손을 들어 기다리라는 신호를 보냈다.

"지금 대한민국에서 돈이 제일 급한 사람이 민동현이에요."

"누가 돈줄을 다 막아놨잖아. 돈이 넝쿨째 굴러오게 생겼으니 이게 웬 떡이냐 하겠지. 이제 툭 치면 데굴데굴 넘어오겠네."

김두만이 미소를 머금은 채 말했다. 이선경이 노트북 화면을 봤다. 그때 민동현이 좀비폰으로 이수진과 대화를 하고 있었다.

"김 대표님."

이선경이 부르자 김두만이 뒷좌석으로 몸을 돌렸다. 그녀가 손가락으로 오케이 신호를 보내며 침착한 목소리로 말했다.

"이제 사무실에서 폰팅 그만하고 필드에서 뛸 타이밍이에요."

"어디서 만날까?"

＊＊＊

밤늦은 시간이라 도시 외곽 도로는 조용했다. 밤의 침묵을 찢듯 멀리서 차 엔진 소리가 들려왔다. 점점 차 엔진 소리가 가까워지더니 검은색 민동현의 차가 보이기 시작했다.

운전을 하는 민동현은 24시간 셀프 주유소 간판을 발견했다. 사방으로 어두운 곳에 간판 불빛만 둥둥 떠 있는 듯했다. 그래서 셀프 주유소를 찾는 일은 어렵지 않았다.

셀프 주유소 근처에 민동현의 차가 정차했다. 범죄 현장에 나타난 초범처럼 민동현은 초조했다. 차 시동을 끄자 헤드라이트 불빛도 사라졌다. 빛을 잃은 자동차 안은 어두워졌다.

그는 세컨드 대포폰으로 김나영에게 전화를 걸었다. 통화 연결음이 들리는가 싶더니 똑똑, 조수석 창을 노크하는 소리가 들렸다.

그 소리에 화들짝 놀란 민동현이 몸을 움츠렸다. 그는 잔뜩 겁먹은 눈으로 조수석 창을 바라봤다. 김나영이 몸을 숙인 채 안쪽을 들여다보고 있다. 그녀가 운전석에 앉은 민동현을 발견하고 전화가 연결된 대포폰을 흔들어 보였다.

김나영을 확인한 민동현은 잠금장치를 풀었다. 차악- 잠금장치가 풀리는 소리가 나더니 벌컥 뒷좌석 문이 열렸다. 김나영이 뒷좌석 위로 스포츠백을 던져놓은 후 조수석에 앉았다. 그녀가 조수석 문을 닫자 어색한 침묵이 흘렀다. 민동현이 침묵을 깨려고 입을 열었다.

"저건 뭐야?"

그가 뒷좌석 위에 놓여 있는 스포츠백을 바라봤다.

"준비물."

김나영은 짤막한 대답을 하고 안전벨트를 맸다. 민동현은 김나영을 제대로 보고 싶었다. 그는 조수석 실내등 버튼을 눌렀다. 실내등 불빛이 닿자 김나영이 자세히 보였다. 그의 시선이 재빨리 김나영의 몸을 위아래로 훑었다. 그녀는 모자를 쓰고, 가벼운 운동복 차림이었다. 가슴은 커 보이는데 화장기가 없어서 그런지 청순한 느낌까지 줬다.

"사진보다 예쁘네."

"카메라발이 별론가 봐. 그래서 아나운서 시험 떨어졌겠지."

김나영은 이수진처럼 부드럽게 대답했다. 이수진의 목소리 성문까지는 똑같이 따라 할 수 없었지만 부드러운 말투로 말하면 비슷하게 들렸다.

지금 민동현은 처음 만난 김나영에게만 신경이 쓰였다. 예쁜 김나영에게 빠져 목소리까지는 신경 쓰지 못했다. 그는 미소 띤 얼굴로 말했다.

"얼굴은 이미 아나운서야. 출발할까?"

민동현이 시동을 걸려고 할 때 김나영의 손이 그의 팔을 잡았다.

"잠깐."

"왜?"

민동현의 목소리 끝이 떨렸다. 김나영의 손이 자신의 팔을 잡고 있다는 현실에 아랫도리가 묵직해졌다. 김나영은 김두만이 시키는 대로 가벼운 스킨십을 했다. 하지만 민동현이 살짝 흥분한 것이 느껴져 불쾌했다. 그 감정을 숨긴 채 살며시 손을 내렸다.

그 마음을 알지 못하는 민동현은 재빨리 주위를 둘러봤다. 밤늦은 시간에 이런 외진 곳에 당연히 사람이 없다는 것을 다시 한 번 확인하고 나서 속삭이듯 말했다.

"왜 여기서 만나자고 한 거야?"

김나영은 민동현의 얼굴을 보며 싫은 티가 날 듯했다. 그래서 차량 계기판만 바라보며 말했다.

"여기가 기름 값이 제일 싸."

그녀는 주머니에서 신용카드를 꺼내 민동현에게 내밀었다.

"오빠가 도와주는데 기름값은 내가 내야지."

민동현이 힐끗 차량 계기판을 바라봤다. 마침 휘발유가 한 칸밖에 없다. 그의 얼굴이 흐려졌다. 머릿속으로 거리를 계산했다. 한 칸으로는 김나영 일을 도와주고 송도까지 갈 수 없었다. 첫 만남에 여자의 신용카드를 써야 하나, 그는 아랫입술을 깨물며 김나영을 힐끔 쳐다봤다. 내가 요구한 게 아니라 나영이가 먼저 카드를 내민 거야, 배려를 무시하면 안 돼, 그는 눈으로 창밖을 보면서 손을 뻗었다. 그의 손끝으로 딱딱한 신용카드가 느껴졌다. 신용카드를 손에 쥔 민동현은 난처한 듯 미간까지 찌푸렸다.

"나영이 마음을 무시할 수 없으니 이걸로 기름 넣을게. 그동안 목적지 주소 내비에 찍어."

***

주말 농장 텃밭 위로 어둠이 내려앉았다. 그보다 더 어두운 검은색 차가 텃밭으로 천천히 접근했다. 차 앞 유리창 너머로 보이는 텃밭이 보였다. 텃밭 위로 헤드라이트 불빛이 드리워지자 줄기에 대롱대롱 매달려 있는 고추들이 보였다.

"오빠, 멈춰! 여기야!"

김나영이 다급하게 말했다. 그제야 민동현은 최종 목적지가 고추밭이라는 것을 알게 됐다. 차가 정차하자 김나영이 조수석에서 내렸다. 뒷좌석 문이 열리더니 그녀가 스포츠백을 챙겼다.

"오빠, 내려."

그 말에 민동현은 침을 꿀꺽 삼켰다. 스케치북에 물감이 스미듯 머릿속에 이미지가 떠오르기 시작했다. 밭에 묻혀 있는 돈. 소문으로만 듣던 이야기를 실제로 경험하게 됐다. 그는 시동을 끄지 않고 운전석에서 내려 고추밭 앞에 서 있는 김나영에게 다가갔다. 그의 심장이 요동치기 시작했다. 그는 숨을 내쉬며 마음을 다스렸다. 아무렇지 않은 척하기 위해 고추밭 앞 팻말을 손끝으로 만졌다. 그러나 긴장이 줄어들지 않아 팻말에 쓰여 있는 글자도 눈에 들어오지 않았다.

어느새 고추밭 앞에 헤드라이트 불빛을 등지고 김나영과 민동현이 나란히 섰다.

"여기에 돈이 있다고?"

"응. 말라비틀어진 고추. 여기 맞아."

민동현이 눈으로 고추밭을 살폈다. 제대로 관리가 되지 않아 고추들이 말라비틀어져 있었다. 이런 짓까지 해야 하나, 김나영은 피로와 공포감이 한꺼번에 밀려와 눈을 감았다. 그런 마음이 밖으로 드러나지는 않았다. 그녀는 한쪽 어깨에 메고 있는 스포츠백을 발 옆에 내려놓았다. 곧바로 쭈그려 앉아 스포츠백 지퍼를 열었다. 그 안에서 목장갑과 삽을 꺼낸 후 멀뚱멀뚱 서 있는 민동현에게 내밀었다.

"파."

민동현이 얼떨결에 목장갑과 삽을 건네받았다. 그는 손에 쥔 물건에는 관심이 없었다. 불안한 표정으로 고추밭을 바라봤다.

"여기… 진짜 맞아?"

김나영이 다른 삽을 들고 일어섰다.

"파보면 알겠지."

그녀는 민동현의 불안감을 몰아내듯 차갑게 대답했다. 그러고는 목장갑을 꼈다.

김나영은 매뉴얼대로 삽질을 시작했다. 그녀가 먼저 삽질을 하면 민동현이 따라서 삽질을 할 것이라는 예상이었다. 그 예상대로 김나영이 삽질을 하자 민동현이 삽을 잡았다.

30분도 지나지 않았는데 김나영이 더운 숨을 내쉬었다. 볼을 타고 흘러내린 굵은 땀이 턱 아래로 뚝 뚝 떨어졌다. 후텁지근한 밤공기에 삽질까지 하자 온몸이 땀으로 흥건해졌다.

내가 왜 이 밤중에 삽질을 하고 있지. 그녀는 김두만의 지시에 따라 움직였다. 하나리서치 사무실에 앉아 콜만 하는 일인 줄 알았는데, 지금은 외진 곳에서 처음 만난 남자와 삽질을 하고 있었다. 자신도 모르게 술수에 걸려들었다는 생각에 가슴에는 큰 실망감이 먹구름처럼 퍼져나갔다.

김나영이 삽질을 멈추고 옆으로 고개를 돌렸다. 이미 지친 그녀와 달리 민동현은 능숙하게 삽질을 했다

"오빠, 삽질 잘하네."

"응. 많이 파묻었거든."

"뭘?"

김나영이 가볍게 물었다. 민동현은 기어들어가는 듯한 목소리로 말했다.

"이것저것."

그 말이 김나영의 마음에 걸렸다. 땅속에 파묻은 이것저것이 뭘까 생각하려다 무서운 생각이 떠올라 그만뒀다. 그녀가 민동현의 옆얼굴을 보자 그의 눈동자가 왠지 슬퍼 보였다.

민동현이 힘껏 삽질을 하는데 삽 끝에 뭔가 턱하니 걸렸다. 그는 재빨리 삽으로 주변을 긁어냈다. 그런 다음 삽을 내려놓고 무릎을 꿇었다. 그는 목장갑 낀 손으로 흙을 쓸어냈다. 몇 번 하지 않는데 김장 비닐에 싸인 돈뭉치가 드러났다. 그 안에 담긴 것은 5만 원권 현금 다발들이다.

민동현은 속으로 놀랐지만 이미 짐작하고 있었다는 표정을 지었다. 그래도 그는 돈뭉치에서 눈을 떼지 못했다.

"돈…."

흥분이 깃든 말이 민동현의 입에서 튀어나왔다. 김나영이 힐끔 고추밭 옆에 놓아둔 스포츠백을 바라봤다. 그녀는 스포츠백 끝에 있는 작은 구멍이 고추밭을 향하게 놓아뒀다. 지금쯤 몰카가 고추밭을 잘 촬영하고 있겠지, 라고 생각했다.

민동현은 맨 위쪽에 있는 돈뭉치 한 개를 고구마 캐내듯 꺼냈다. 얼마나 힘을 줬는지 손목이 얼얼했다. 그는 비닐 한쪽을 뜯어내려 했지만 비닐에 닿은 목장갑이 미끄러지자 신경질적으로 목장갑을 벗었다. 그는 맨손으로 비닐 한쪽을 뜯어냈다. 그 안으로 손을 넣어 현금 다발 한 개를 꺼냈다. 그것을 코에 갖다 대더니 냄새까지 맡아봤다.

"진짜 돈이야, 돈~."

돈 냄새에 흥분한 그는 피부에 들러붙은 무더운 밤공기조차 기분 좋게 느껴졌다. 김나영이 다급하게 말했다.

"오빠, 나머지 돈도 다 꺼내!"

그 말에 민동현의 얼굴에서 흥분이 사라졌다. 흠칫 놀란 거북이처럼 몸을 움츠렸다. 그는 손에 든 돈다발, 무릎 앞에 놓인 돈뭉치를 보며 생각에 잠겼다. 갑작스런 변화에 김나영이 수상쩍다는 듯 물었다.

"오빠, 뭐 해?"

민동현은 아무 말도 하지 않았다. 불안한 표정만이 얼굴에 새겨져 있다. 좀 전까지 행복했던 사람이 순식간에 행복을 빼앗긴 듯했다.

"빨리 돈 챙겨!"

김나영이 재촉했다. 여전히 민동현의 반응은 없었다. 부드럽게 말하라는 김두만의 조언이 떠올랐다. 그녀는 민동현 옆으로 다가가 차분하게 말했다.

"땅속에 있는 돈. 반은 내 거, 반은 오빠 거야."

가까이서 보니 민동현의 표정이 바뀌어 있었다. 겁먹은, 불안한 표정이 아니었다. 뭔가를 결심한 듯한 표정이었다. 민동현이 돈다발을 꽉 쥐며 말했다.

"다 꺼내자."

힘 있는 목소리였다. 그는 땅속 현금 뭉치들을 내려다봤다. 정신이 홀린 듯 거기에서 눈을 떼지 못했다.

***

어둠이 물러나고 동이 트기 시작했다. 밤의 침묵은 사라지고 어디선가 새소리가 들려왔다. 날이 밝아오자 24시간 셀프 주유소 근처에 정차한 검은색 민동현의 차가 눈에 띄었다. CCTV 사각지대라 동영상 기록은 남지 않겠지만 주유소 안에 직원과 기름을 넣는 손님이 있었다면 차 트렁크 앞에 서 있는 민동현을 볼 수 있었다.

민동현은 활짝 열린 차 트렁크 안을 내려다보며 양 주먹을 꽉 쥐었다. 고추밭을 팔 때 삽 끝에 묵직한 것이 걸렸다. 그 감촉이 삽자루를 통해 손바닥에 전해졌다. 그것은 김장 비닐에 넣은 현금이었다.

고추밭에서 꺼낸 현금 다발들이 차 트렁크 안에 바둑판처럼 가지런히 놓여 있다. 정수식품 돈을 챙겼다는 사실에 민동현의 목구멍으로 헛구역질이 올라왔다. 그 자리에 몸을 꺾어 토하고 싶었지만 입을 꾹 다물고 참았다. 혼자였으면 못 했을 일이었다. 김나영과 함께하니 배짱이 생겨 고추밭에서 돈을 꺼내 차 트렁크까지 옮겼다. 그는 계속 마음속이 개운하지 않았지만 그냥 무시했다. 그러나 차 트렁크 안을 꽉 채운 돈을 보자 손발이 차가워지고 마음속에 둥둥 떠다니는 불안이 입 밖으로 흘러나왔다.

"이 돈 먹으면 안 돼."

"왜?"

"네 동생이 빼돌린 돈. 다 아버지 돈이야."

얼굴을 본 지 오래되어 전생의 기억처럼 아득했지만, 불안의 정체는 아버지였다. 고추밭에서 꺼낸 돈은 정수식품 돈이고, 주인은 정수식품 사장인 아버지다.

"안 돼…. 안 돼…. 안 돼…."

그가 기가 죽은 듯 혼잣말을 중얼거렸다. 그 사이 김나영은 위쪽으로 올라간 트렁크 문 안쪽에 뭔가를 쓱 붙였다. 100원짜리 동전보다 작은 위치 추적기다.

얼빠진 사람처럼 서 있는 민동현이 김나영을 슬쩍 뒤로 밀어냈다. 그녀는 위치 추적기를 붙인 것을 민동현이 눈치챘나 싶어 불안했다. 그러나 그는 아무 말 없이 차 트렁크 문을 닫았다. 그의 웃옷은 땀으로 흠뻑 젖어 등에 찰싹 달라붙었다. 그는 물을 마시기 위해 호숫가를 찾아온 동물처럼 주변을 둘러봤다. 24시간 셀프 주유소와 그 주변에는 아무도 없었다. 감시하는 사람에 의심스러운 차까지 보이지 않자 안심했다. 그는 김나영 앞에 섰다. 잠시 그녀의 얼굴을 뚫어져라 쳐다봤다.

"나영아, 오빠 믿는다고 했지?"

"응."

"이 돈 정수식품에 넘기자."

민동현이 애원하듯 말했다. 매뉴얼의 평가대로 그는 겁 많은 남자였다. 전화로 잘난 척, 있는 척했지만 그저 겁 많은 중년 아저씨였다. 그녀는 눈앞에 있는 남자로부터 얼굴을 돌리고 싶었다. 겨우 이런 남자를 이용해 돈을 **빼낼** 수 있을까, 헛수고를 하고 있다는 느낌이 들었다.

"반은 내 거야."

그녀는 매뉴얼대로 말하면서 민동현을 제지하는 듯한 손짓을 보였다.

그 말에 허를 찔린 듯 민동현이 숨을 멈췄다. 그가 나쁜 생각을 하는지 미간을 찌푸리고 고개를 좌우로 저었다. 그러고는 거침없이 이야기를 쏟아냈다.

"반 먹으려다 너 땅에 묻혀. 정수식품 직원들이 평생 깜빵에서 썩는 게 아니야. 몇 년 살다 나올 거야. 그때 경찰에게 압수당한 돈, 세탁한 돈, 이리저리 계산하면 사라진 돈이 얼만지 계산이 딱 나와."

"그건 몇 년 후잖아요. 그 전에 태국이나 필리핀으로 도망치면…."

말끝을 흐리며 김나영이 고개를 숙였다. 손가락으로 눈물을 닦으면서 슬픈 척 연기를 해야 하는데 잘되지 않았다. 그래서 고개만 숙인 채 가만히 서 있었다.

민동현은 예상치 못한 김나영의 대답에 잠시 놀랐다. 그러나 눈앞에 있는 여자가 길 잃은 고양이처럼 보였다. 그녀를 보호해주고 싶다는 생각이 마음속에 퍼져나갔다.

"너 아나운서가 꿈이라면서? 아나운서 돼야지. 우리 아버지는 돈에 미친 사람이야. 지금 정수식품에서 사라진 돈 눈치 까고, 누가 꿀꺽했는지 알아보고 있을지도 몰라."

이때 김나영은 흐느껴 울어야 했다. 그러나 눈물도 흐느낌도 나오지 않았다. 에이, 모르겠다는 마음으로 민동현의 어깨에 이마를 기댔다. 민동현은 키가 작고 김나영은 키가 커서 뭔가 엉성했다. 그래서 슬픔에 빠진 여자주인공이 남자주인공의 어깨에 기대는 로맨틱한 분위기가 아니었다. 마치 남자의 어깨에 여자의 머리를 내리꽂은 느낌이었다.

하지만 민동현은 이미 로맨스 영화 속 남자주인공이 되어 있었다. 아버지냐, 사랑이냐. 그는 두 눈을 감았다. 다정한 손길로 김나영의 머리를 쓰다듬었다.

"네 뒷바라지는 오빠가 해줄게. 고추밭에서 꺼낸 돈은 손대지 말자. 오빠가 처리할게."

민동현의 목소리가 희미하게 떨렸다. 겁먹은 아이가 어른 흉내를 내는 것 같았다. 김나영은 풋 하고 웃음을 터뜨릴 뻔했지만 아랫입술을 깨물며 참았다.

민동현은 고추밭에서 꺼낸 현금만 생각했다. 그래서 셀프 주유소 맞은편 길 안쪽에 있는 차를 보지 못했다. 그 차 운전석에는 김두만이 앉아 있다. 그는 민동현에게서 눈을 떼지 않으면서 대포폰으로 통화를 했다. 거치대에 놓은 대포폰을 통해 민동현의 목소리를 들었다.

"고추밭에서 꺼낸 돈은 손대지 말자. 오빠가 처리할게."

김두만은 도통 이해하지 못하겠다는 표정으로 뒷좌석을 향해 말했다.

"민 이사가 돈을 먹어야 이야기가 되는 거잖아? 왜 안 처먹는 거야?"

"민 사장이 무서워서겠죠."

이선경이 창밖을 바라봤다. 반대로 김두만은 불끈 화를 냈다.

"쫄보 새끼! 줘도 못 먹어? 애드립 쳐, 말아?"

이선경은 대답이 없었다. 김두만이 룸미러로 뒷좌석에 앉아 있는 이선경의 얼굴을 바라봤다. 그녀가 한쪽 눈을 가늘게 뜨며 얼굴을 찡그렸다. 한눈에 보기에도 심상치 않다는 것을 알아챌 수 있었다.

이선경의 예상 이상으로 민동현은 아버지를 무서워했다. 돈줄이 끊긴 인간이 돈에 욕심을 내지 않았다. 돈에 대한 욕심보다 아버지에 대한 공포가 더 크기 때문이다. 그녀는 태블릿으로 민동현 매뉴얼을 훑어봤다. 이거다 싶은 게 없었다. 불과 몇 초밖에 시간이 흐르지 않았지만 빠른 속도로 초조해졌다.

그때 이선경의 시선이 민동현 매뉴얼 한 부분에 멈췄다. 그녀의 눈이 흠칫 놀란 듯 커졌다. 그 부분에 두 손가락을 갖다 대 확대시켰다. 그러고는 초조함을 밀어내듯 자신 있게 말했다.

"뒤쪽 내용을 앞으로 땡기죠."

"뭔데?"

12장
매뉴얼 수정

 민동현은 마음이 급해졌다. 빨리 정수식품 본사에 연락해서 고추밭에 있는 돈을 전달한다, 이것만 생각하고 차를 출발시켰다. 그 순간 승합차가 민동현의 차를 막았다. 갑작스러운 상황에 깜짝 놀란 민동현이 반사적으로 브레이크를 밟았다. 그러자 차 뒤편에서도 자동차 엔진 소리가 가까워지더니, 새벽 공기를 찢는 듯한 끼익 소리와 함께 다른 승합차가 민동현의 차 뒤를 막았다. 그는 어리둥절한 얼굴로 전방과 룸미러로 후방을 번갈아 바라봤다. 왜 이러는지 모르겠지만 확실한 건 두 대의 승합차가 자신의 차를 앞뒤로 막아 빠져나갈 수 없는 상황이었다.
 민동현은 어떻게 해야 하나 결정을 못 하고 있었다. 그때 앞쪽을 막고 있던 승합차 운전석 문이 열렸다. 밖으로 나온 남자가 성큼성큼 민동현의 차로 다가왔다. 키는 작았지만 몸이 단단해 보이는 젊은 남자였다.

오덕규가 운전석 창문을 거칠게 두드렸다. 그는 창문이 열리지 않자 허리를 숙여 차 안을 들여다봤다. 운전석 창문 너머로 운전석에 앉아 어쩔 줄 몰라 하는 민동현이 보였다. 그의 얼굴을 뺨을 때리듯 오덕규가 운전석 창문을 손바닥으로 내리쳤다. 그제야 운전석 창문이 내려갔다. 민동현이 경계하는 눈빛으로 밖을 내다봤다. 오덕규가 눈썹에 힘을 잔뜩 줬다. 그는 근엄한 표정을 지으면서 공무원증을 내밀었다.

"지능범죄수사팀 최동석 형사입니다. 시동 끄고 차에서 내리세요."

민동현이 눈을 가늘게 뜬 채 공무원증을 바라봤다. 공무원증에는 오덕규의 사진이 붙어 있지만 이름은 최동석, 소속은 서울지방경찰청이었다. 그는 액셀을 밟을까, 승합차를 밀어낼 수 있을까, 차문을 열고 도망칠까, 경찰을 따돌릴 수 있을까…. 머릿속이 혼란스러워 아무 말도 하지 못했다.

"빨리 시동 끄고 차에서 내려!"

오덕규가 소리치면서 눈으로는 민동현의 얼굴을 살폈다. 경찰이 멱살을 잡아 흔드는 것도 아닌데 이미 민동현의 눈은 두려움으로 떨고 있었다. 그 반응에 오덕규는 미소를 머금더니 불쑥 차 안쪽으로 몸을 내밀었다. 그는 재빨리 차키를 빼내 손에 쥐었다. 그러고는 조수석에 앉은 김나영에게 비꼬는 투로 말했다.

"김나영 씨 맞으시죠? 김지환 씨가 동생이고?"

김나영은 답을 회피하듯 고개를 돌려 다른 곳을 바라봤다. 그 태도에 오덕규가 짜증 난 듯 다그쳤다.

"동생 일 도와주셨죠?! 일 도와주고 돈도 받고. 압수된 대포폰에서 전화 통화 녹음 파일이 나왔어요!"

오덕규가 차 밖으로 몸을 빼냈다. 그는 조수석에서 꿈쩍도 하지 않는 김나영에게 빨리 나오라고 손짓했다.

"차에서 내리세요!"

"나, 나영아…. 가만히 있어…."

민동현이 간신히 입을 열었다. 이럴 때 당황한 듯 연기를 해야 호구를 더 혼란스럽게 만든다고 배웠다. 그래서 김나영은 도망치려는 듯 조수석 문을 열려고 했다. 그때 바깥에서 조수석 문이 벌컥 열렸다. 활짝 열린 조수석 밖에는 최성욱이 서 있다. 그는 범죄자의 속을 훤히 꿰뚫어보는 경찰처럼 김나영을 빤히 쳐다봤다. 김나영이 고개를 숙이자 최성욱이 날카롭게 쐐기를 박았다.

"수갑 차고 가실래요? 곱게 가실래요?"

그 말에 이끌려 김나영이 얌전히 차에서 내렸다. 그녀는 고개를 푹 숙이고 있었다. 최성욱이 표독스러운 미소를 띄우면서 미란다 원칙을 고지했다.

"변호사를 선임할 수 있고, 묵비권을 행사할 수 있습니다. 둘 다 하면 경찰청에서 피곤해지실 겁니다."

눈빛은 강하게 입가는 부드럽게, 이래야 진짜 경찰처럼 보일 듯했다. 김나영 옆에 서더니 범죄자를 연행하듯 그녀에게 팔짱을 꼈다. 최성욱은 오덕규에게 눈짓을 하고 김나영에게 팔짱을 낀 채 앞 승합차 쪽으로 이동했다. 민동현은 김나영이 끌려가는 걸 뻔히 보면서도 밖으로 나오지 않았다. 그는 어린애처럼 뒷목을 북북 긁으며 운전석 밖만 바라봤다.

"무슨 일입니까?"

민동현은 태연한 척했지만 목소리가 떨렸다. 오덕규의 눈에는 자기 여자가 끌려가는데 따지지도 못하는 겁쟁이로 보였다.

"새벽부터 연애질하고 참 부지런하게 사십니다."

오덕규가 빈정거리자 민동현이 구차한 변명을 했다.

"연애는 아니고…."

"연애가 아니면 김나영 씨랑 뭘 하려고 새벽부터 이딴 곳에서 만나셨나?"

무서운 질문이 아니었는데 민동현은 숨통이 조였다. 적당한 답을 찾기 위해 머릿속을 뒤적거렸다. 한 가지 단어가 떠오르자 입을 열었다.

"드라이브."

그 대답에 오덕규는 어이없다는 듯 피식 웃었다. 그는 손에 쥐고 있는 차키를 민동현에게 휙 던졌다. 민동현은 허겁지겁 손을 뻗어 차키를 손에 쥐었다.

"개소리 그만하고 곱게 집에 들어가서 쉬세요."

그렇게 말한 오덕규가 앞쪽 승합차 쪽으로 걸어갔다. 민동현은 왜 차키를 돌려주는 건지 이해할 수 없다는 표정이었다.

오덕규는 의구심 어린 시선이 등 뒤에 꽂히는 게 느껴졌다. 그가 대기하고 있던 최성욱에게 눈짓했다. 그러자 최성욱이 승합차 슬라이딩 도어를 열었다. 승합차 안에 앉은 김두만이 빨리 타라고 손짓했다. 최성욱이 김나영의 등을 떠밀면서 그녀를 강제로 승합차 안에 태웠다. 뒤이어 최성욱과 오덕규가 승합차 안으로 사라졌다. 슬라이딩 도어가 닫히는 소리가 나자 승합차가 움직이기 시작했다. 앞쪽 승합차가 방향을 돌려 주유소를 빠져나가고, 뒤이어 뒤쪽 승합차도 주유소를 빠져나갔다.

민동현은 운전석에 앉아 점점 작아지는 승합차들을 가만히 바라보고만 있었다.

그 시각 이선경은 김두만의 차 운전석에 앉아 영상 통화를 했다. 화면에는 승합차를 탄 김두만이 보였다. 이선경은 대포폰 카메라 방향을 돌려 자기 얼굴이 나오지 않게 했다. 김두만이 대포폰 카메라를 김나영 쪽으로 돌리며 말했다.

"선수는 퇴근했어."

화면 속 김나영은 등받이에 기댄 채 두 눈을 감고 있었다. 자기 일이 끝나자 긴장이 풀리면서 피로가 몰려온 듯했다. 이선경이 앞을 보자 주유소를 빠져나가는 민동현의 차가 보였다. 그녀는 점점 멀어지는 민동현의 차를 보면서 대포폰을 향해 말했다.

"고생한 선수는 오늘 근무에서 빼주세요."

"직원은 퇴근시키고 우리는 어떻게 할까?"

"민동현이 트렁크에 있는 돈을 어떻게 처리하는지 지켜보죠."

이선정은 전화를 끊고 무릎 위에 놓은 태블릿을 내려다봤다. 태블릿 화면에 내비게이션처럼 지도가 떠 있다. 빨간색 동그란 원으로 표시된 민동현의 차가 이동하고 있었다. 이선경은 태블릿을 글로브 박스 쪽에 설치한 거치대에 고정시켰다.

잠시 후 김두만의 차에 시동이 걸렸다.

***

태블릿 화면 속 빨간색 동그란 원이 큰 도로에서 주택가로 이동했다. 위치추적기가 잘 작동되고 있었다. 그래서 이선경은 민동현의 차에 바짝 따라붙지 않았다. 200미터 거리를 유지한 채 이동했다. 오랜만에 운전을 하니 온몸에 감각이 살아나는 느낌이었다. 밤을 샜지만 피곤함은 없었다. 정수식품 비밀 금고에 한 발 한 발 접근하고 있다는 예감에 짜릿한 전율이 느껴졌다. 그 기운으로 하품은 나오지 않고 싱글싱글 웃으면서 운전을 했다. 잠깐 다른 생각을 하는 사이에 거리가 좁혀졌다. 10미터 앞에 민동현의 차가 있었다. 아직 경기가 끝나지 않았다. 방심은 금물이다.

"아직 비밀 금고도 찾지 않았어! 손에 쥔 돈도 없어! 자만하지 마!"

이선경은 운전을 하면서 단어 하나하나에 힘을 주어 말했다. 빨간색 동그란 원이 급하게 우회전하더니 오피스텔로 이동했다. 재빨리 우회전을 하고 이선경이 앞 유리창 너머를 바라봤다. 민동현의 차가 오피스텔 지하주차장 입구를 통과하고 있었다. 그러고는 지하주차장 안으로 사라졌다. 뒤를 이어 지하주차장 입구에 김두만의 차가 멈춰 섰다.

이선경이 태블릿 화면을 보자 빨간색 동그란 원이 더 이상 이동하지 않고 정지했다. 그녀가 김두만에게 전화를 걸었다.

"차가 멈췄어요. 감시해요."

김두만의 차가 지하주차장 입구를 막았다. 이선경은 운전석에 앉아 룸미러를 통해 뒤쪽을 바라봤다. 잠시 후 우회전하는 승합차가 보이자 김두만의 차를 앞으로 이동시켰다. 이선경이 룸미러를 보자 승합차가 지하주차장 안으로 사라졌다.

승합차는 지하주차장에서 천천히 움직였다. 민동현의 차가 멈춰 선 위치에 가까워지자 운전하는 최성욱은 눈으로 주차 칸을 훑어봤다. 민동현의 차를 감시하기에 좋은 위치, 차를 빼기 좋은 위치가 어딜까 계산하면서 통화를 했다.

"접근했어요."

그때 민동현의 차가 보였다. 그 맞은편 주차 칸이 비어 있었다. 12시 방향에 주차된 SUV 옆에 바짝 붙어 11시 방향에 주차를 했다. 최성욱이 룸미러를 오른쪽으로 돌려 각도를 조절했다. 그러자 맞은편 민동현의 차 뒤쪽이 한눈에 들어왔다.

"트렁크에서 돈을 꺼내고 있어요."

그는 눈으로 본 것을 보고하기 시작했다. 민동현의 차 트렁크

문이 열려 있고, 민동현은 스포츠백에 현금 다발을 담고 있었다.

민동현은 마음이 급했다. 주차한 곳은 CCTV 아래쪽 사각지대지만 오피스텔 입주민이 자주 이용하는 곳이었다. 그래서 누가 보기 전에 빨리 옮겨야 한다는 생각뿐이었다. 급한 마음을 손이 따라가질 못해 현금 다발을 바닥에 떨어뜨렸다. 흠칫 놀란 민동현이 서둘러 현금 다발을 주웠다. 그는 주위를 경계하며 다시 스포츠백에 현금을 담았다.

최성욱은 주위를 살피면서 계속 보고했다.

"트렁크에서 돈을 꺼내고 있어요."

"한 번에 옮기지 못할 거야. 몇 층으로 옮기는지 확인해."

김두만과 통화를 하면서 룸미러로 시선을 옮겼다. 차 트렁크 문이 닫혀 있었고, 민동현은 보이지 않았다. 최성욱은 운전석 문을 열어 미끄러지듯 빠져나왔다. 민동현이 문 닫히는 소리를 들을까 봐 운전석 문을 닫지 않았다. 재빨리 차에 몸을 숨긴 채 주위를 둘러봤다.

스포츠백을 한쪽 어깨에 멘 채 걸어가는 민동현의 뒷모습이 보였다. 그는 지하 출입문 쪽으로 이동 중이었다. 스포츠백이 무거운지 걸음이 느렸다. 민동현은 스포츠백에만 신경 쓰느라 최성욱이 뒤따라오고 있다는 것을 눈치채지 못했다.

민동현이 출입 센서에 카드키를 갖다 대자 자동문이 열렸다. 그가 안으로 들어갔다. 곧바로 자동문이 닫히지 않았다. 3초 시간이 있었지만 최성욱은 뒤따라 들어가지 않았다. 엘리베이터 앞 공간이 좁아 민동현의 눈에 띌 듯했다.

　최성욱은 자동문 밖에 몸을 숨긴 채 엘리베이터를 기다리는 민동현을 감시했다. 엘리베이터 문이 열리자 민동현은 무거운 걸음으로 엘리베이터 안으로 들어갔다. 최성욱은 근접 미행을 할 수 없지만 몇 층에서 내리는지 확인해야 했다. 그래서 그는 두 눈을 부릅떴다. B1에서 시작한 층수 표시가 8에서 멈췄다. 중간에 엘리베이터를 타는 사람이 없어서 그는 운이 따랐다는 생각에 생긋 웃으며 김두만에게 전화를 걸었다.

　"8층이에요. 어떻게 할까요? 계속 감시해요?"

　"8층 몇 호인지 알아봐. 들키지 않게 조심하고."

　"걱정 마세요. 제가 홈런은 못 쳐도 도루는 잘했어요."

　최성욱은 제 입으로 자랑을 떠벌리며 싱긋이 웃었다. 민동현이 몇 호로 들어가는 지 알아내는 건 어렵지 않을 듯했다. 내가 찾는 곳은 보통 집이 아니야, 호구가 고추밭에서 빼낸 돈을 숨기는 장소야. 그 사실이 묘한 흥분을 일으켰다. 그는 자신의 심장 박동이 빨라지는 것을 느꼈다.

　5분 후 지하 주차장으로 내려온 민동현은 어른 허리 높이만 한 커다란 여행용 캐리어를 챙겨 왔다. 그는 차 트렁크에서 꺼낸 돈을 여행용 캐리어로 옮겼다. 현금을 다 옮겼는지 그의 표정이 밝아졌다. 차 한 대가 가까이 다가오자 모르는 척 엉뚱한 허공을 쳐다봤다. 차는 금세 지나갔지만 그는 쭈뼛거리며 주변을 살폈다. 아무도 없자 그제야 안심이 됐는지 여행용 캐리어를 끌며 이동했다.

그 광경을 룸미러를 통해 지켜보던 최성욱은 차에서 내렸다. 그는 통화하는 척하면서 민동현을 따라갔다. 민동현이 출입 센서에 카드키를 갖다 대자 자동문이 열렸다. 그는 엘리베이터 쪽으로 이동했다. 최성욱은 자동문이 닫히기 전에 통과해 곧바로 비상계단 쪽으로 걸어갔다.

8층 엘리베이터 문이 열렸다. 민동현이 머리를 내밀어 좌우를 살폈다. 그는 아무도 없자 엘리베이터 안쪽에서 여행용 캐리어를 끌고 나왔다. 엘리베이터 안, 8층 복도에 CCTV가 있다. 여러 번 뭔가를 운반하는 건 수상해 보인다. 그는 한 번에 끝내자는 생각으로 여행용 캐리어를 사용했다. 민동현은 손에 잔뜩 힘을 준 채 여행용 캐리어를 운반했다. 그가 비상계단 문 앞을 지나가자 천천히 비상계단 문이 열렸다.

최성욱이 소리 나지 않게 비상계단 문을 빠져나왔다. 민동현보다 8층에 먼저 도착하기 위해 계단을 뛰어서 올라왔다. 다행히 먼저 도착해 비상계단 안쪽에서 바깥 상황에 귀를 기울였다. 그러나 거친 숨이 입 밖으로 튀어나오고, 심장은 거칠게 요동쳐 집중하기 힘들었다.

비상계단 문을 빠져나온 최성욱은 인상을 쓰면서 귀에 신경을 집중했다. 오른쪽에서 여행용 캐리어 바퀴가 굴러가는 소리가 들렸다. 재빨리 소리 나는 쪽으로 이동한 그는 벽에 몸을 숨겼다. 도어락이 열리는 소리, 곧이어 현관문이 열리는 소리까지 들렸다. 그가 고개를 내밀어 보자 복도식 오피스텔에서 한 곳만 현관문이 열려 있었다. 그 안으로 여행용 캐리어가 사라지고, 잠시 후 현관문이 닫혔다.

최성욱 위치에서 가장 가까이에 있는 오피스텔은 804호, 그 옆이 803호와 802호…. 민동현이 들어간 오피스텔은 801호다. 호수를 알아낸 그는 상쾌한 미소를 지었다.

***

정오에 가까워지고 있었지만 유료 주차장은 빈자리가 많았다. 이선경은 김두만의 차에 기대 서 있다. 누군가를 기다리면서 푸른 하늘을 올려다봤다. 가위로 오려낸 것 같은 동그란 구름이 흘러갔다. 그것을 바라보는데 정신이 몽롱해졌다. 피곤해서 그런가, 혼잣말을 중얼거릴 때 인기척을 느꼈다.

이선경이 고개를 돌리자 김두만이 무사태평한 얼굴로 다가왔다. 그를 이렇게 밝은 햇빛 아래에서 보니 세상 누구보다 성실한 사람으로 보였다. 약속 시간에 늦지 않은 그는 뭔가를 달라고 손짓했다. 이선경이 주머니에서 차키를 꺼내 가볍게 휙 던졌다. 김두만이 차키를 낚아채듯 잡고는 이선경 옆에 섰다.

"손님, 어디까지 모실까요?"

그가 대리기사 흉내를 냈다. 분위기를 바꿔보려는 행동이었는데 이선경의 얼굴에는 표정이 없었다. 그 얼굴로 김두만을 물끄러미 바라봤다.

"오피스텔 주소 문자로 보냈어요. 소유자가 누구인지 알아봐주세요."

김두만은 상황을 파악했다는 듯 씨익 웃더니 차키를 흔들었다.

"예에. 안전하게 모시겠습니다."

***

한낮이지만 801호 오피스텔은 어두웠다. 누가 감시하고 있는 것도 아닌데 민동현은 블라인드를 내려 햇빛을 가렸다. 그는 어두운 부엌 식탁 의자에 삐딱하게 앉아 초조한 얼굴로 통화를 했다.

"아버지, 끊지 말고 들으세요. 돈 좋아하시잖아요. 돈 이야기예요."

짧은 말이었지만 너무 긴장을 해 위액이 목구멍까지 올라왔다. 그는 침을 꿀꺽 삼키며 민 사장의 대답을 기다렸다. 가만히 듣고만 있던 민 사장이 무뚝뚝한 말투로 말했다.

"1분 줄게. 말해봐."

그 시각 이선경은 김두만의 차 안에서 노트북 화면을 보고 있었다. 거기엔 민동현의 대포폰 화면이 떠 있다. 통화 상대는 '대표님'이라고 저장된 사람과의 통화 내용을 듣고 있다.

"정수식품 직원이 **빼돌린** 돈을 찾았어요. 지금 801호로 옮겨놨어요."

"얼마?"

민동현은 민 사장의 심기를 거슬리지 않으려는 듯 조심스럽게 말했다. 반대로 민 사장은 퉁명스러웠다.

민동현이 고개를 돌려 거실을 바라봤다. 거실에 있는 것을 보니 마음이 무거워졌다. 이곳에 괜히 왔나, 아버지에게 전화를 괜히 했나, 그는 시선을 떨어뜨리고 몸 깊숙한 곳에서 한숨을 토해낸 후 말했다.

"자세히 세어보지는 않았지만 대충 3억은 넘어요."

민 사장은 아무 말도 하지 않았다. 침묵의 시간이 길어지자 민동현은 더욱더 초조해졌다. 아버지가 가슴의 분노를 가라앉히기 위해 필요한 시간일 듯했다.

"통화 끝내고 휴대폰 버려. 그리고 내가 연락할 때까지 전화하지 마."

민 사장이 차가운 목소리로 말했다. 그 말에 민동현은 두들겨 맞은 개처럼 겁먹은 낯빛이 됐다.

"네에. 아버지…."

그는 기어들어가는 듯한 목소리로 대답했다. 눈앞에 아버지가 있었다면 험악한 눈초리로 날 노려봤겠지. 화가 난 아버지의 얼굴을 생각하자 자신도 모르게 몸이 덜덜 떨리기 시작했다.

"민 사장 목소리 좋네. 이덕화야, 이덕화."

김두만은 운전석 등받이를 뒤로 젖힌 채 얌전히 누워서 귀만 쫑긋 세우고 있었다. 조수석에 앉은 이선경은 움직이지도 않고 노트북 화면만 보고 있었다. 침묵이 김두만을 불안하게 만들었다. 그는 운전석 등받이를 올리며 가슴속 불안을 드러냈다.

"민 이사가 휴대폰을 버리면 골치 아픈데. 우린 어떻게 해야 하나…."

슬쩍 의중을 떠봤다. 이선경은 노트북 화면을 보면서 뭔가에 만족한 듯 고개를 끄덕였다.

"아직 멀쩡해요. 휴대폰 전원도 안 껐어요."

"뭐하는데?"

"여자 사진을 보고 있어요."

예상지 못한 전개에 김두만은 호기심이 생겼다. 그는 뭔가 싶어 이선경의 노트북 화면 쪽으로 고개를 돌렸다. 목까지 길게 **빼고** 보는데 민동현의 대포폰 화면에 메신저로 받은 김나영의 사진이 떠 있었다. 그는 민동현의 행동이 귀여워 싱긋이 웃었다.

"나영이한테 푹 빠졌네. 아버지 말도 안 듣고."

"휴대폰을 못 버리게 민 이사에게 문자 하나 보내줘요."

"수진이, 나영이?"

"수진 씨한테. 조사받고 있다, 로 스타트. 난 잘못 없다, 억울하다, 오빠 보고 싶다, 로 엔딩."

"애절한 멜로야, 멜로."

김두만은 웃음을 머금은 목소리로 말했다. 민 이사가 무서운 민 사장의 말을 듣지 않고 있었다. 언뜻 보면 이상하게 보이는 행동도 하나하나 이유를 살피면 나름대로 근거가 있다. 민동현이 김나영에게 푹 빠졌다. 그 생각을 하면서 김두만이 한쪽 입꼬리를 위로 올리며 짧게 웃었다.

민동현은 801호 욕실 바닥에 무릎을 꿇고 있었다. 그는 오른손에 망치를 쥔 채 무릎 앞에 놓여 있는 대포폰을 내려다봤다. 망치로 대포폰을 내려칠까 말까 고민했다. 모든 사람이 다 한 가지의 재주는 타고난다고 하는데, 자신에게는 선택 장애라는 저주만 준 것 같았다. 무서운 아버지를 떠올리며 망치를 잡은 손에 힘을 줬다. 에잇 하고 망치로 내려치려는데 김나영이 떠올랐다. 허공에서 망치가 멈췄다.

그는 대포폰 옆에 망치를 내려놓았다. 이런 상황에서 여자나 생각하고, 자신이 우스꽝스러워 보여 자기도 모르게 소리를 높여 웃었다. 그것도 잠시 더 이상 참지 못하고 대포폰을 들었다. 곧바로 김나영에게 메시지가 왔는지 확인했다. 그녀가 보낸 메시지가 없자 민동현은 기운이 빠졌다. 그는 바람 빠진 풍선처럼 욕실 벽에 축 늘어진 채 기대어 멍하니 앉아 있었다.

"카메라를 작동시켰어요!"
이선경이 양쪽 주먹을 불끈 쥐면서 자신에게 기합을 넣었다. 좀비폰인 민동현의 대포폰 카메라가 작동하기 시작했다.
"집 구경하세요."
노트북 화면에 801호 내부가 보였다. 대포폰이 흔들리고 있는지 내부가 또렷하게 보이지 않았다.

어떻게 해야 할지 갈피를 잡지 못한 민동현이 대포폰을 쥔 채 식탁 앞을 왔다갔다하고 있었다. 그는 다리가 무거워지자 식탁 의자에 앉았다. 피로가 몰려왔다. 잠을 몰아내기 위해 오른손으로 볼을 찰싹찰싹 때렸다.

필리핀으로 갈까, 아니야. 중국으로 갈까, 거긴 더 안 돼. 나영이는 어떻게 하지, 변호사를 붙여줄까, 돈이 없잖아. 혼자 묻고 답해가며 얼굴을 붉혔다. 그가 혼자만의 생각에 빠져 있을 때 왼손에 쥔 대포폰 카메라 렌즈는 앞쪽을 향해 있었다.

그제야 이선경의 노트북 화면으로 801호 거실이 또렷하게 보였다. 한국은행 금고처럼 현금이 차곡차곡 쌓여 있다. 5만 원권 지폐, 1만 원권 지폐가 분리되어 마치 돈으로 만든 침대 매트리스가 사람 키만큼 쌓여 있는 듯했다.

거액의 현금을 보자 김두만은 몸이 둥실 떠오르는 듯한 느낌이었다. 뭔가 기묘하고 기분이 좋았다.

"이야, 인테리어 좋네. 이게 얼마짜리 인테리어야."

"801호가 정수식품 금고였어요."

이선경이 차분하게 말했다. 하지만 드디어 돈을 갖게 된다는 희망과 기쁨이 온몸에서 넘쳐났다.

***

민동현은 지하주차장에 내려왔다. 1초라도 빨리 801호에서 벗어나 잠수를 탈 생각이었다. 비밀 금고에서 현금으로 2천만 원을 챙겼으니 3개월은 충분히 버틸 수 있을 듯했다. 인천 폐차장으로 가서 차 번호판부터 교체하자, 그다음 사람이 많은 관광지 위주로 돌아다니자, 하는 단순한 계획을 세웠다. 주차한 차에 가까워지자 민동현이 주머니에서 차키를 꺼냈다.

그때 승합차 한 대가 후진을 해 민동현 앞을 가로막았다. 갑작스런 상황에 민동현은 움찔 놀랐다. 그는 경계하는 눈빛으로 승합차를 바라봤다. 그때 승합차 슬라이딩 도어가 열리더니 체격 좋은 남자가 내렸다. 그는 여유가 넘치는 태도로 말했다.

"내가 달리기를 잘해. 싸움은 더 잘하고. 그러니까 그냥 타."

민동현은 남자의 얼굴을 자세히 보기 위해 눈을 찡그렸다. 낯익은 얼굴이다. 주유소 주차장에서 김나영을 끌고 간 남자였다. 그의 얼굴을 알아보자 민동현은 온몸의 피가 순식간에 빠져나가는 것을 느꼈다.

호구 민동현이 멍 하니 서 있자 최성욱이 승합차 안을 가리키며 강하게 밀어붙였다.

"타!"

민동현이 화가 난 얼굴로 노려봤다.

"너 경찰 아니구나."

최성욱은 전혀 아랑곳하지 않고 빈정거렸다.

"새끼, 눈치는 있네."

민동현이 한 발 뒤로 물러서며 말했다.

"누가 보냈어?"

"모르는 게 약이야. 빨리 타!"

최성욱이 한 발 다가오자 민동현이 두 발 뒤로 물러섰다. 그는 거칠게 콧김을 뿜으며 따지듯 물었다.

"우리 나영이는?!"

그 말에 최성욱은 웃음을 터뜨리며 바닥에 주저앉았다.

"빨리 말해!"

민동현이 격앙된 목소리로 소리를 쳤다. 그러나 전혀 무섭지 않았다. 이런 겁 많은 아저씨와 말도 섞고 싶지 않았지만 최성욱은 일을 해야 했다. 그는 고개를 들어 의미심장한 미소를 흘렸다.

"나영이 만나게 해줄게."

그 말에 민동현의 뺨 근육이 경직됐다. 목에서 꿀꺽 소리가 났다. 상대의 의도를 알지 못해 불안했다.

＊＊＊

민동현이 도착한 곳은 경찰서가 아니었다. 하나리서치라는 회사의 회의실이었다. 그는 모조리 기억에 담으려는 듯 회의실 안을 구석구석 훑어봤다. 뒤에는 오피스텔 주차장에서 자신을 이곳으로 데리고 온 남자가 서 있다.

　테이블 맞은편에는 김나영이 앉아 있다. 그는 김나영을 위아래로 훑어봤다. 다친 곳은 없어 보였다. 하나님 감사합니다, 생각까지 하자 살짝 눈가에 눈물이 고였다. 그러나 얼굴에서 표정이 사라진 것처럼 김나영은 아무 표정 없이 자신을 보고 있었다. 그래도 이곳에 오면서 느꼈던 불안은 김나영을 보자 급격하게 줄어들었다. 못 본 사이에 김나영의 얼굴은 훌쩍 야윈 듯했다. 그는 이혼한 아내 이후에 이렇게까지 보고 싶었던 여자는 없었다. 민동현은 조금 긴장을 풀고 궁금하다는 표정으로 김나영을 바라봤다. 그런데 그녀의 눈에는 두려움이 없었다. 뒤에 있는 남자와 눈짓까지 주고받았다. 그는 정신이 퍼뜩 든 듯 김나영과 최성욱을 번갈아봤다. 이제 알겠다는 듯 그의 뺨에 살그머니 웃음이 떠올랐다.

　"눈빛을 보니 아는 사이네."

　"네에."

　김나영이 건조하게 대답했다. 민동현은 온몸의 공기를 모조리 방출할 것처럼 숨을 크게 내쉬었다. 그러고는 말할 용기를 내기 위해 땀이 찬 손바닥을 움켜쥐었다.

　"여기서 일해?"

　"네에."

　"열심히 일했네. 감쪽같이 속았어. 쪽팔리게."

　민동현은 창백해진 얼굴을 옆으로 돌린 채 아랫입술을 깨물었다. 자신이 달콤한 덫에 걸린 어리석은 짐승 같았다. 여자에게 낚인 세상 물정 모르는 바보였다. 더 이상 이곳에 앉아 있기 힘들었다. 그가 튕기듯 일어났다. 그러자 묵직한 손이 그의 어깨를 눌렀다.

최성욱이 민동현의 어깨를 눌러 다시 앉혔다.

"아직 이야기 안 끝났어요."

그가 심술궂게 웃으며 말했다. 무슨 일인가 싶어 김두만이 회의실 안으로 들어왔다. 그를 보자 김나영이 입을 열었다.

"나가도 되죠?"

김두만이 나가라고 손짓했다. 자리에 일어난 김나영이 문 쪽으로 걸어갔다. 민동현이 허리를 꼿꼿이 세운 채 걷는 김나영의 뒷모습을 향해 툭 던지듯 물었다.

"왜 나야?"

"시키는 대로 했을 뿐이에요."

김나영은 문 앞에서 난처한 듯 고개를 숙였지만 목소리는 차가웠다. 민동현이 문을 열고 나가는 김나영에게 악을 썼다.

"왜 나냐고?!!"

그는 사랑에 상처받은 남자처럼 눈물을 흘렸다. 그가 턱에 흐르는 눈물을 셔츠 소매로 닦았다.

"왜…."

김두만은 보이스피싱으로 먹고사는 정수식품 이사에게 이런 순수한 감정이 남아 있다는 게 흥미로웠다. 그는 친근한 미소를 유지하면서 기분 나쁜 말을 아무렇지 않게 내뱉었다.

"민 사장 아들이잖아. 미끼가 좋아야 대어를 낚지."

"아버지 돈에 손대면 죽어…."

민동현은 김두만에게 매달리듯이 목소리를 쥐어짜냈다. 김두만은 전혀 아무렇지 않다는 표정으로 민동현 옆에 섰다.

"이걸 보니까 눈이 뒤집혀서 용기가 생기더라고."

그는 와인 잔을 내려놓듯 천천히 민동현 앞에 개인 대포폰을 내려놓았다. 그의 웃는 얼굴이 더없이 온화한 분위기를 자아냈다. 하지만 민동현은 무슨 꿍꿍이를 숨기고 있는 듯해서 불안했다. 그가 살며시 대포폰 화면을 내려다봤다. 순간 그의 얼굴이 더욱더 새하얗게 변했다.

대포폰 화면 속 사진은 801호에 쌓인 현금이었다.

"잘 먹을게."

김두만의 말에 두려움과 메슥거림을 느낀 민동현의 몸이 딱딱하게 굳었다. 어중이떠중이들에게 801호가 노출됐다, 그 사실에 민동현은 자신이 사형 선고를 받은 사람이 된 듯했다.

***

그날 밤 이선경은 을지로 바를 찾았다. 먼저 도착한 김두만은 구석진 자리에 자리를 잡았다. 그를 발견한 이선경이 맞은편 자리에 앉았다. 두 사람은 인사도 나누지 않았다. 그녀의 얼굴을 보자마자 김두만이 서류봉투에서 종이 한 장을 꺼냈다. 곧바로 종이를 테이블 위에 올려놓더니 그녀 앞으로 스윽 밀어놓았다.

"801호 소유주는 민아름이야."

김두만의 설명을 들으면서 이선경이 종이를 눈으로 확인했다. 등본이었다. 민아름 이름에 형광펜으로 밑줄이 그어져 있었다.

"민아름?"

"민 이사 딸, 민 사장 손녀. 지금 중학생일걸?"

소유주 확인을 끝낸 이선경이 등본을 찢으며 쓴웃음을 지었다.

"정수식품 근처에 금고를 만들어뒀네. 아주 등잔 밑이에요."

"민 이사에게 돈 관리를 시킨 걸 보면 민 사장이 아들은 믿었나?"

김두만이 이를 보이며 서글서글하게 웃었다. 이선경은 소유주 이름과 관계까지 확인했지만 마음에 걸리는 것이 있었다.

"왜 손녀 이름으로 된 오피스텔을 금고로 사용했을까요?"

"손녀에게 사기 친 돈이랑 오피스텔을 물려주려고?"

"그 반대 아닐까요? 손녀 이름으로 된 오피스텔을 금고로 사용하고, 아들에게 금고를 관리시키고. 801호 돈이 사라지면 가장 먼저 의심받는 사람이 민 이사예요. 민 이사는 죽기 살기로 지켜야했을 거예요, 딸과 돈을."

"민 사장, 좆 같은 놈이네."

김두만이 얼굴을 찡그리며 짜증스러운 눈빛으로 이선경을 쳐다봤다. 이선경은 머릿속으로 정리한 생각을 말했다.

"정수식품 수사도 끝났고, 민 이사가 미끼도 던졌으니 금고에 있는 돈을 확인하러 민 사장이 올 거예요."

"직접? 언제?"

김두만의 얼굴에는 두려움이 없었다. 오히려 이 사건이 어떻게 굴러갈지 흥미진진한 기색이었다.

"최대한 빨리 오게 만들어야죠."

이선경은 정수식품 로고와 금고 사진이 나온 PPT 화면을 떠올리며 말을 이었다.

"정수식품 금고털이 매뉴얼. 4차 지옥, 정수식품 금고를 턴다."

그녀어 자신감 넘치는 말에 김두만은 아무 말도 하지 않았지만 곧 입가에 희미한 미소가 떠올랐다.

***

오피스텔 엘리베이터 안 문 쪽에 이삿짐센터 직원 복장을 한 최성욱과 오덕규가 서 있었다. 그 뒤에 접이식 이동 카트들이 놓여 있고, 그 위에는 이삿짐 박스들이 차곡차곡 쌓여 있었다. 이삿짐 박스 안은 801호에서 빼낸 현금으로 채워져 있었다.

1시간 전 최성욱은 김두만의 지시에 따라 망설임 없이 801호에 들어갔다. 무슨 수를 썼는지 도어락이 열려 있어 편하게 입성했다. 그는 막상 높게 쌓여 있는 현금을 보니 심장이 요동쳤다.

오덕규는 앞으로 성큼성큼 걸어가더니 현금에 손을 갖다 댔다. 그는 설레는 듯 얼굴에 미소를 떠올렸다. 최성욱이 가만 있자 오덕규가 소맷자락을 잡아당겼다.

"돈 옮겨요."

그가 즐거운 표정으로 말했다. 그러고는 으쌰! 하고 기합 소리를 내며 현금 다발을 옮기기 시작했다. 보이스피싱 조직의 돈을 훔친다, 라는 생각이 최성욱을 움직이지 못하게 했다. 그는 나쁜 생각을 떼어내려는 듯 절레절레 고개를 흔들었다. 곧바로 돈을 옮기자로 머릿속을 채웠다. 용기를 내기 위해 숨을 삼키고 눈에 힘을 줬다. 납작한 이삿짐 박스를 펼쳐 원래 모양대로 만들었다. 그는 손뼉을 치더니 두 손을 비볐다. 그런 후 이삿짐 박스 안을 현금으로 채웠다.

801호 밖으로 이삿짐 박스를 쌓아올린 이동 카트를 끌고 나올 때 오덕규는 활짝 웃었다. 뒤따라 나온 최성욱이 오덕규의 얼굴을 보자 그의 입가에도 덩달아 미소가 번졌다.

엘리베이터를 빠져나온 최성욱은 오피스텔 정문을 통해 밖으로 나왔다. 그는 실수를 하지 않기 위해 조심스레 이동 카트를 끌었다. 오피스텔 앞에 이삿짐 탑차가 대기하고 있었다. 최성욱은 조금 전까지 금고 같은 공간에 있다가 바깥 공기를 마시고 푸른 하늘을 보니 왠지 모를 해방감에 기분이 나아졌다.

이삿짐 탑차 안에 김두만이 서 있었다. 반대로 밖에 서 있는 최성욱과 오덕규가 이삿짐 박스를 양쪽에서 들었다. 두 사람이 힘을 합쳐 이삿짐 박스를 짐칸 위로 올렸다. 그렇게 올려진 이삿짐 박스를 김두만이 짐칸 안으로 밀어 넣었다. 몇 개 옮기지 않았는데 김두만이 힘들어 보였다.

이삿짐 박스를 다 올린 최성욱이 재빨리 짐칸 위로 올라갔다. 김두만은 도와주지 않아도 된다며 허세를 부릴 여유는 없었다. 나이가 들어 조금만 힘을 쓰면 허리가 아팠다. 최성욱이 돕자 이삿짐 박스 정리에 속도가 붙었다. 금세 이삿짐 박스들을 차곡차곡 쌓는 일이 끝났다. 그러자 김두만은 최성욱과 함께 짐칸 밖으로 나왔다. 최성욱에게 시키지 않고 직접 짐칸 문을 닫았다. 그는 이렇게 이삿짐 탑차 안에 정수식품 현금을 옮기는 일에 성공하자 불안이 줄어들고 희망 쪽으로 마음이 기울었다.

현금 가로채기는 끝났지만 이선경은 할 일이 남아 있다. 그녀는 현금이 사라진 801호 내부를 살폈다. 부엌에 멈춰 서더니 민동현의 대포폰으로 거실을 촬영했다. 침대 매트리스처럼 쌓인 현금이 사라지고 거실 바닥 위에 네모난 흔적만 남았다. 그 주위로 먼지 자국이 남아서 이 자리에 뭔가가 있었다는 것만 알 수 있다. 이선경은 다양한 각도로 현금이 사라진 거실을 촬영했다. 조용한 801호에 찰각 찰각 카메라 셔터 소리가 울려 퍼졌다.

'세상에서 제일 맛있는 돈은 나쁜 놈 돈. 먹어도 괜찮아. 나쁜 놈 돈이니까.'

그녀의 생각에는 정수식품을 경멸하는 속내가 섞여 있었다. 정수식품을 위해 보이스피싱 매뉴얼을 만들었다. 이 일은 위험하다, 호구의 돈을 빼앗는 일에서 끝나지 않는다, 호구의 영혼까지 죽인다!!! 그 목소리를 무시하면 안 된다고 가슴속에서 또 다른 자신이 경고를 했지만 외면했다. 그때 기억이 되살아나 위 언저리가 묵직해졌다.

　이선경은 아무도 없는 801호에서 키득키득 소리 내어 웃었다. 대포폰 갤러리에서 촬영한 사진들을 확인했다. 비웃음이 담긴 시선으로 사진을 한 장 한 장 보면서 어떤 사진을 전송할까 고민했다. 그녀는 현금이 쌓여 있는 거실 사진과 현금이 사라진 거실 사진을 호구에게 전송했다. 똑같은 각도에서 촬영한 비포, 애프터 사진으로 가슴에 뭉쳐 있는 것을 호구에게 단숨에 토해냈다. 이런 지저분한 짓은 전혀 죄책감이 생기지 않았다. 오히려 얼굴에 생기가 돌고 즐거웠다.

　'세상엔 돈 잃고 속 좋은 놈 없다. 넌 호구야. 인증샷을 보냈으니 나쁜 놈을 움직여.'

　이런 생각을 하면서 심호흡을 크게 했다. 그러자 가슴이 위아래로 움직이고 마음이 차분해졌다.

　정수식품 돈을 손에 넣었다. 계획이 틀리지 않았다는 게 확인됐다. 거기에 자신이 전송한 사진을 확인하고 분노가 폭발할 호구를 떠올리자 기분이 좋아졌다.

　'돈을 잃은 나쁜 놈은 돈을 찾기 위해 무슨 짓이라도 할 거야. 그러니까 나쁜 놈에게 잡히기 전에 5차 천국, 돈을 갖고 해외로 튄다.'

***

　정수식품 본사에 출근한 민 사장은 휴대폰 메시지를 확인하고 묘하게 얼굴이 일그러졌다. 그래서 이마 주름이 더 깊게 패인 듯했다. 그는 현금이 사라진 801호 거실 사진을 봤다. 그 순간 칼이 배를 뚫고 들어오는 듯한 깊고 날카로운 통증을 느꼈다. 곧바로 자금관리를 하는 민동현에게 연락을 시도했지만 전화 연결이 되지 않았다. 이틀 전 그에게 정수식품 직원이 빼돌린 돈을 찾았다는 연락을 받았다. 그것과 관련된 일이라는 것을 직감적으로 느꼈다. 그는 휴대폰을 책상 위에 내려놓았다. 하지만 그의 눈에서는 적의가 사라지지 않았다.

　그날 오후 민 사장은 김포공항을 통해 한국에 입국했다. 그는 아들 민동현의 안위보다 돈의 행방이 중요했다. 수행원 한 명만 대동한 채 콜밴에 탑승했다. 이미 조선족 행동책들을 통해 오피스텔 위치를 확인했다. 그곳에는 아직 경찰의 손길이 닿지 않았다. 오피스텔 관리사무소에 돈을 주고 지하주차장 CCTV 동영상까지 확보했다.

　민 사장은 콜밴 안에서 조선족 행동책이 보내준 지하주차장 CCTV 동영상을 확인했다. 구부정하게 서 있는 민동현이 어떤 남자를 쳐다보고 있었다. 무슨 대화를 하는 듯했지만 소리는 들리지 않았다. 민동현이 제 발로 승합차까지 걸어갔고, 그 안에 올라탔다. 어떤 강요도 있어 보이지 않았다. 그것을 본 민 사장의 얼굴이 저절로 일그러졌다. 납치? 배신? 정확한 상황이 판단이 되지 않아 오랜 세월 햇빛에 그을린 얼굴에 더 짙은 어둠을 만들었다.

콜밴이 오피스텔 앞에 멈춰 섰다. 슬라이딩 도어가 자동으로 열리고 민 사장이 내렸다. 대기하고 있던 조선족 행동책이 민 사장에게 다가왔다. 민 사장은 아무 감정 없는 눈빛으로 남자를 쳐다봤다. 160센티미터도 되지 않은 작은 남자가 서글서글한 표정으로 꾸벅 인사했다.

조선족 행동책은 민 사장의 얼굴을 보자 시선을 피하며 중얼거리듯 말했다.

"801호, 열쇠기사가 문 따고 있습니다."

민 사장은 건장한 몸도 아니고 무기 같은 것도 없었지만 온몸으로 험악한 기운을 발산했다.

"안내하겠습니다…."

그 기운에 눌려 조선족 행동책은 겁먹은 짐승처럼 얼어붙었다. 민 사장 옆에 선 수행원은 의도적으로 미간을 찡그려 심각한 표정을 꾸몄다. 그는 조선족 행동책에게 빨리 앞장 서라고 손짓했다.

801호에 도착한 민 사장은 구둣발로 바닥 위를 걸어 들어갔다. 눈은 탐색하듯이 가늘게 뜬 채 실내를 살폈다. 그의 얼굴은 가면처럼 딱딱하고 무표정했다. 그 옆에 선 조선족 행동책은 뭐라고 말해야 할지 몰라 잠자코 있었다. 재수 없게 번거로운 일을 떠맡게 되었지만 싫은 기색을 얼굴에 드러내지 않았다.

거실을 본 민 사장의 입에서 깊은 한숨이 튀어나왔다. 거실 한가운데에 의식을 잃은 민동현이 의자에 묶여 있었다. 거실에 있어야 할 돈은 없고, 쓸모없는 아들만 있었다. 그는 뭔가 기이한 것이라도 본 듯한 눈빛으로 민동현의 얼굴을 빤히 쳐다봤다.

조선족 행동책은 비굴한 웃음을 띠우며 안색을 살피듯 말했다.
"줄… 풀까요?"

그는 대답이 없자 힐끗 민 사장을 바라봤다. 민 사장의 눈은 무서웠다. 의자에 묶인 남자에 대한 적개심이 살갗에 따갑게 느껴질 정도였다. 조선족 행동책은 저 남자 대림역 연변 결혼식장에서 봤어, 이름이 뭐였더라, 머릿속 기억을 끄집어내려고 했다. 그러나 수행원이 날카로운 시선으로 쳐다보자 기억을 끄집어내는 일을 포기했다.

민 사장이 거실 한가운데에 묶여 있는 민동현에게 뚜벅뚜벅 걸어갔다. 그는 기절한 민동현의 턱에 왼손을 갖다 댔다. 살며시 턱을 올리더니 오른손으로 민동현의 뺨을 때렸다. 찰싹찰싹 뺨을 때리고 또 때렸다. 그 날카로운 소리가 조선족 행동책의 귓속을 파고들었다. 저절로 그의 몸이 웅크려졌다.

찰싹찰싹 폭력적인 소리는 민동현의 의식이 돌아오자 멈췄다. 민동현이 고개를 떨군 채 나지막이 신음했다. 그러더니 정신을 차린 듯 고개를 들어 눈을 깜빡거렸다. 그가 눈앞에 선 민 사장을 보자 눈빛이 흔들렸다. 당황한 듯 시선이 흔들렸다.

민 사장이 의자 옆을 보자 스포츠백과 여행용 캐리어가 놓여 있었다. 아버지의 시선을 따라 의자 옆을 본 민동현은 갑자기 공기가 희박해진 것처럼 숨을 쉬기가 어려웠다.

'사기 당하는 줄도 모르고 현금을 운반할 때 사용한 스포츠백, 여행용 캐리어가 내 옆에 있다.'

그는 많은 변명이 떠올랐지만 정작 소리가 되어 나오는 말이 없었다.

민 사장이 슬쩍 고개를 돌려 수행원에게 눈짓했다. 그 눈짓에 장승처럼 서 있던 수행원이 움직였다. 그는 스포츠백 앞에 무릎을 꿇고 앉아 지퍼를 열었다. 그 안에 휴양지 사진으로 꾸며진 포스트카드들만 들어 있었다. 그중 한 장을 꺼내보는 수행원의 얼굴에는 곤혹스러움이 떠 있었다.

수행원이 손에 든 것은 돈이 아니라 엽서였다. 민 사장은 가만히 있어도 험악한 얼굴인데 민동현을 노려보자 더욱 흉악해졌다. 그러고는 거칠게 여행용 캐리어 지퍼를 내렸다. 그 안에서 비밀 장부와 종이 문서들이 쏟아져 나왔다. 그것을 본 민 사장은 불쾌한 듯 눈을 가늘게 떴다. 비밀 장부와 종이 문서를 살펴보지 않았지만 그 안에 그것들을 넣어둔 사람의 의도를 알 수 있었다.

그때 민동현의 목에 걸린 대포폰에서 벨소리가 울렸다. 그 소리에 이끌려 민 사장이 민동현을 바라봤다. 민동현은 아버지에게 매달리는 듯한 시선을 던졌다. 그 시선을 무시한 민 사장은 거친 손길로 민동현의 목에서 대포폰을 빼냈다. 곧바로 대포폰 화면을 보자 발신자 번호 제한이 떠 있었다. 민 사장이 통화를 터치하고 대포폰을 귀에 갖다 댔다. 그는 아무 말도 하지 않고 상대가 먼저 말하기를 기다렸다.

"정수식품 사장님, 안녕하세요."

젊은 여자의 밝게 비꼬는 목소리가 들렸다. 그래서 민 사장은 잔뜩 찌푸린 얼굴로 허공을 노려봤다.

"사장님, 왼쪽을 보세요. 카메라 보여요?"

젊은 여자가 말했다. 민 사장은 보이지 않는 압박감에 떠밀리듯 왼쪽으로 몸을 돌렸다. 벽 앞에 놓여 있는 의자 위에 동그란 캠이 설치되어 있었다. 렌즈가 민 사장 쪽을 향해 있었다. 그것을 보자 마치 캠과 눈이 마주친 것 같았다.

민 사장은 통화를 하면서 수행원에게 눈짓을 했다. 그러고는 눈앞에 있는 캠이 젊은 여자라도 되는 듯 똑바로 쳐다보며 말했다.

"내 돈 어딨어? 당장 내 앞으로 갖고 와."

의자 앞으로 걸어간 수행원은 캠을 움켜쥐었다. 거칠게 바닥 위에 던진 후 구두 뒷굽으로 캠을 박살냈다.

"사장님, 머리 위를 보세요."

민 사장이 고개를 들어 천장을 올려다봤다. 분노로 뜨거워진 몸에 순식간에 한기가 스쳤다. 천장에 설치된 전등 끝에 작은 구멍이 있었다.

"카메라는 많이 있으니 마음껏 박살내세요."

젊은 여자에게 감시당하고 있다는 사실에 불길한 느낌이 스멀스멀 발끝에서부터 기어올라왔다. 그는 붉어진 얼굴로 수행원에게 말했다.

"카메라 찾아."

그 지시에 전등을 보고 있던 수행원이 다른 카메라를 찾기 시작했다. 거실 벽을 따라 이동하면서 눈으로 벽을 위아래로 살폈다. 그러나 벽에 구멍이 있거나 몰카를 숨기기 좋은 액자는 없었다.

"사장님 얼굴과 목소리가 생중계되고 있어요. 손 한번 흔들어주세요."

민 사장은 불쾌감을 감추지 못한 채 전등을 올려다봤다. 생중계? 누가 날 보고 있다? 한번 드리워진 불안은 먹물처럼 마음속에서 번져갔다. 그는 짜증 난 목소리로 다그쳤다.

"마지막으로 묻는다! 내 돈 어딨어?!"

"좋은 일에 쓸게요. 어차피 사장님 돈 아니잖아."

젊은 여자 목소리와 함께 안내 방송 소리가 들렸다. 먼 소리처럼 잘 들리지 않았지만 승객. 탑승 같은 단어가 귓속을 파고들었다. 젊은 여자가 공항에 있다는 사실에 민 사장의 머리가 지끈거렸다.

그는 왼손으로 통화를 하면서 오른손을 민동현의 턱에 갖다 댔다. 그러고는 비난하는 시선으로 민동현의 얼굴을 쳐다봤다. 겁에 질린 민동현은 눈동자만 움직여 민 사장의 시선을 피했다.

"아버지… 살려주세요…."

그는 아버지가 무서웠다. 여자에 눈이 멀어 사기를 당한 자신이 싫었다. 민 사장의 시선을 피해 눈을 옆으로 내리깔았다. 그러자 거실 바닥에 드리워진 그림자가 보였다. 의자에 묶인, 두려움에 떨고 있는 검은 그림자. 그 속에라도 숨고 싶었다.

민 사장은 괴로운 듯 입 끝이 일그러졌다. 아들의 턱을 쥔 오른손이 떨렸다. 아들이 땀에 흠뻑 젖은 몸을 떨고 있었기 때문이었다. 그는 잔뜩 겁먹은 아들이 한심스러웠다. 겁 많던 사춘기 시절보다 몸은 컸지만 마음은 한 치도 자라지 않았다. 그의 가슴 안쪽에서 날카로운 악의가 내장을 마구 할퀴고 있었다. 사라진 돈을 찾은 후 젊은 여자와 아들을 갈기갈기 찢어버리고 싶었다.

"내 돈, 다시 돌려놔! 몸뚱이를 찢어버리기 전에!"

민 사장이 악의를 토해냈다. 그 탓인지 801호 안은 기분 나쁠 정도로 침묵에 싸였다. 젊은 여자가 가벼운 목소리로 침묵을 깼다.

"민 사장님, 퇴직금 줬다고 생각해. 비밀 금고가 털렸다고 생각하면 오래 못 살아."

"잘 숨어 다녀. 잡히지 않게."

민 사장의 얼굴에서 조금 전까지 보이지 않던 살의가 느껴졌다. 마치 먹잇감을 노리는 육식 동물의 얼굴을 하고 있었다. 그가 감정을 드러냈지만 젊은 여자는 여유로웠다.

"왜 잡히면 인천 앞바다에 빠뜨리려고?"

"널 갈기갈기 찢은 후에."

민 사장이 당장이라도 젊은 여자를 씹어 먹을 듯 말했다. 그와 달리 젊은 여자는 농담하듯 말했다.

"발리나 하와이 앞바다에 빠뜨리면 안 되나? 외국물 먹고 좋잖아. 먹튀하기 미안해서 선물을 하나 준비했어. 받기 싫어도 받아. 지금 지능범죄수사팀도 민 사장님을 보고 있어. 인사라도 해."

지금 형세가 불리하다는 것을 이해했는지 민 사장은 말을 하지 않았다. 머리가 혼란스러워 생각을 제대로 확장시키지 못했다.

민 사장이 아무 말 없이 가만히 서 있자 수행원이 옆으로 다가갔다.

"사장님?"

그가 넌지시 불렀지만 반응이 없었다. 곧바로 민 사장의 얼굴을 살폈다. 통화가 썩 유쾌하지 않은지 미간에 잡힌 깊은 주름은 펴지지 않았다.

조선족 행동책은 본능적으로 상황이 이상하게 흘러가고 있다는 것을 느꼈다. 그래서 도망치고 싶었지만 수행원이 보고 있어 발을 떼지 못했다. 거기에 민 사장의 옆얼굴을 보니 차마 말을 걸 수 없었다. 민 사장이 누군가와 통화를 했다. 그가 내뱉는 말을 듣고 있으니 마치 자신이 협박당하는 듯한 공포가 온몸을 꿰뚫었다. 그러나 누군가는 민 사장의 협박에 겁을 먹지 않는 것 같았다. 통화를 할수록 민 사장의 눈은 증오로 불타고 입술은 일그러지고 있었다.

민 사장은 분노가 온몸에 독처럼 퍼졌다.

"너 내 돈 못 써. 현금은 짐이야. 쓰다가 걸려. 쓰지 말고 땅속에 묻어둬. 알겠어? 내 추적 못 피해. 대한민국에서 환전도 못 해."

"걱정하지 마. 이미 잘 쓰고 있으니까."

"어디에?"

벌써 돈을 써? 불법도박? 암호화폐? 민 사장은 어떻게 반응해야 할지 전혀 감이 잡히지 않았다. 그때 귓속으로 젊은 여자의 목소리가 파고들었다.

"사장님 걱정이나 해. 지능범죄수사팀이 민 사장 만나러 신나게 가고 있어. 801호에서 만나. 아, 도망을 가고 싶어도 못 갈 거야. 도어락에 장난을 쳤거든."

그 말에 민 사장은 아차 싶었다. 곧장 현관문 쪽으로 걸어갔다. 그는 죽일 기세로 도어락 오픈 버튼을 눌렀다. 하지만 띠리리 전자음도 들리지 않고, 도어락도 열리지 않았다. 억세게 현관문 손잡이를 돌려봤지만 꼼짝도 하지 않았다. 그는 화가 나는 마음을 억누르며 뒤로 물러섰다.

"문 열어!"

뒤쪽을 향해 말했다. 그 말이 끝나기 무섭게 수행원이 현관문을 향해 달려들었다. 곧바로 현관문 손잡이를 움켜잡았지만 전혀 움직이지 않았다. 마음이 급해진 그는 도어락에 손을 갖다 댔다. 힘으로 떼어내려 했지만 건전지 덮개만 열릴 뿐 문은 열리지 않고 아무런 변화도 없었다.

민 사장이 대포폰을 귀를 갖다 댔다. 젊은 여자의 목소리도 주변 소리도 들리지 않았다. 대포폰 화면을 보니 전화 연결이 끊겼다. 발신자 표시 제한이라 전화번호도 없었다. 젊은 여자가 바보가 아니라면 지금쯤 휴대폰 전원을 끄고 버렸을 것이다. 그는 손에 쥔 대포폰을 벽에 던졌다. 젊은 여자에게 쌓인 분노를 애꿎은 대포폰에게 화풀이했다. 그는 마치 얼어붙은 듯 그 자리에서 움직이지 못했다.

에필로그

　조사실에 앉은 민동현은 손끝이 마치 다른 생물처럼 부들부들 떨렸다. 맞은편에는 덩치 큰 지능범죄수사팀 최동석 팀장이 앉아 있다.
　"…누가 도어락에 장난을 쳤어. 강제 잠금이 됐어."
　최동석 팀장이 하는 말이 너무 황당무계한 이야기라 민동현의 머릿속에 들어오지 않았다.
　"정수식품 돈이 피해자들에게 돌아갔어. 보이스피싱 당한 금액에 법정이자까지 붙여서 피해자 계좌에 입금된 거지."
　민동현의 시선이 허공을 더듬었다. 그는 양손을 움켜쥐면서 손떨림을 참았다. 그러면서 머릿속으로 최동석의 말을 정리했다. 나한테 사기 친 놈들이 비밀 금고에 있는 돈을 빼돌렸다. 그 돈을 피해자들에게 돌려줬다. 그것도 법정이자까지 붙여서…. 너무나 황당해서 크크크대는 소리가 그의 입에서 새어나왔다.

"네가 진술한 여자는 존재하지 않아."

그 말을 듣고 민동현이 입을 열었다.

"내 목에 걸려 있던 대포폰, 거기에 여자애 메시지랑 사진 있어요."

"네 말이 맞다고 치자. 너라면 그 폰 계속 쓰겠어? 이미 없앴겠지."

최동석은 정중하게 말하려고 노력했지만 말꼬리에는 이죽거림이 묻어 있었다. 민동현은 수척해진 채 억지로 웃어 보였다.

"팀장님은 알죠? 나한테 공사 친 새끼가 누군지?"

"새끼라니? 보이스피싱 공익제보자님이야."

그렇게 말하면서 최동석이 미소를 지었다. 웃는 얼굴이 덩치에 맞지 않게 부드러운 분위기를 자아냈다.

"누군지 알려줘요."

"알면 어쩌려고? 너보다 내가 더 누군지 알고 싶어. 잡아서 감옥에 보내드려야지."

"피해자들한테 돈 돌려줬다면서요…."

"그래도 잡아야지. 보이스피싱을 했잖아. 피해자에게 돈을 돌려줬다고 범죄를 저지른 사실이 사라지진 않아. 민동현, 네 아버지 소식 궁금하지 않아? 네 삽질에 아버지가 잡혔는데."

그 말에 민동현이 촉촉해진 눈을 깜빡였다. 왜 눈물이? 아버지에게 미안해서? 아버지가 걱정돼서? 그는 눈물을 흘리지 않으려고 머리 위를 바라봤다.

그때 최동석이 눈물을 참고 있는 민동현에게 넌지시 말했다.

"아버지를 버려. 넌 살아야지."

"아버지…."

민동현은 말끝을 흐리면서 고개를 숙였다.

"교도소에 아버지는 길게, 넌 짧게."

최동석의 입술 사이로 나온 낮은 목소리가 민동현의 가슴속에 시커멓게 소용돌이치기 시작했다.

"넌 아버지를 도왔을 뿐이잖아. 무서운 아버지가 시키는 대로."

그러고는 동정의 뜻이 깃든 한숨이 최동석의 입에서 새어나왔다. 그때 마음을 결정한 민동현이 갈라진 목소리로 말했다.

"뭐, 뭐부터 말할까요?"

***

피지행 대한항공 비행기에 탑승하기 전 김두만은 이선경을 만났다. 그는 이선경의 계획이 이해가 되지 않았다. 그 이유로 한껏 들떠 있던 기분이 순식간에 현실로 끌려와 찌그러졌다.

"왜 호구들한테 돈을 돌려줘?"

그는 침착하게 말해야지, 마음을 다독이려 애썼지만 말이 거칠게 나왔다.

"목숨 걸고 좆 빠지게 일해서 번 돈을 돌려줘?!"

"난 좆도 없고, 천국 가려고요."

이선경이 장난스레 말했다.

"너 미쳤어. 정신병원부터 가."

김두만이 노려보듯 하며 얼굴을 들이댔다.

"뭐, 민 사장에게 원한 있어? 가족 중에 누가 정수식품한테 당했어?"

그는 더 말을 하지 못하고 말을 집어삼켰다. 길을 잃은 아이처럼 이선경의 눈빛이 흔들리고 있었다.

"처음 만든 매뉴얼로 친구에게 보이스피싱을 했어요. 집에 돈 좀 있는 애니까 천만 원 정도 털어도 되겠지, 그렇게 친구를 호구로 만들었어요. 돈 버는 재미에 친구도 벗겨 먹고, 얼굴도 모르는 사람들까지 벗겨 먹고."

갑작스러운 고백에 깜짝 놀란 김두만은 눈만 깜빡거렸다. 이선경은 후회와 자책이 뒤섞인 감정이 가슴에 들러붙었다. 그녀는 따귀를 맞은 사람처럼 우두커니 서서 말했다.

"친구가 자살했어요. 천만 원을 보이스피싱을 당하고 아파트 베란다에서 뛰어내렸어요."

이선경이 심술궂은 웃음을 머금은 채 말을 이었다.

"아니면 정수식품에 충성을 다했는데 돈도 못 받고 뒤통수 맞아서? 보이스피싱 당한 언니가 자살해서 복수를 하려고? 이유는 마음에 드는 걸로 골라요."

그녀가 농담하듯 말했지만 웃기에는 너무 아픈 가학적인 농담이었다. 입 밖으로 나온 말이 모두 사실 같았다. 이선경이 말없이 김두만을 빤히 쳐다봤다. 김두만은 거북한 듯 얼굴을 찡그렸다.

"너 진짜 정신병원에 가야 돼."

그 말을 끝으로 두 사람은 짧게 인사를 나누고 헤어졌다.

***

에메랄드빛 바다가 붉게 변해가자 검게 그을린 김두만이 해변에 나타났다. 그는 가볍게 스트레칭을 하더니 해변을 뛰기 시작했다. 얼마 뛰지 않았는데 심장이 거칠게 뛰고 온몸의 근육이 산소를 달라고 아우성쳤다. 그는 어제 술을 너무 많이 마셨나, 떨떠름한 표정으로 모래 위에 앉았다. 낮 동안 뜨거워진 모래가 다리에 닿자 저절로 얼굴이 찡그려졌다.

그때 김두만이 인기척을 느끼고 고개를 돌렸다. 빤히 자신을 쳐다보는 남자가 있었다. 두 눈은 모자챙에 가려서 잘 보이지 않았다. 누군지는 떠오르지 않지만 분명 만난 적이 있었다. 남자가 모자챙을 올렸다. 그러자 두 눈이 드러났다. 뭔가 할 말이 있는 듯한 눈빛이었다.

"나 알지?"

김두만이 따지듯 물었다. 남자가 대답 없이 손에 쥔 휴대폰만 흔들었다. 그러고는 휴대폰을 김두만 옆쪽으로 가볍게 던졌다. 뭔가 싶어 김두만이 옆을 보자 휴대폰 화면이 눈에 들어왔다. 통화 시간이 1초씩 늘어나고 있었다.

"통화해요."

남자가 말했다. 그 목소리를 듣자 김두만의 입꼬리가 올라갔다.

"혼자 왔어?"

"혼자 오긴 아까운 곳이죠. 빨리 통화해요."

남자가 재촉하자 김두만은 휴대폰을 귀에 갖다 댔다.

"누구야?"

그는 다짜고짜 질문부터 했다.

"새로운 사업 아이템이 있어요."

이선경이었다. 휴대폰 너머로 들려오는 목소리가 반가워 김두만은 미소 띤 얼굴로 물었다.

"보이스피싱?"

"새로운 사업이에요. 매뉴얼 작업은 다 했고."

"사기야? 사업이야?"

"성공하면 사업, 실패하면 사기. 내가 만든 매뉴얼대로만 움직이면 성공적인 비즈니스죠."

"그럼 난 다시 바지 사장이나 해볼까?"

"오늘은 놀고 내일부터 시작하죠."

이선경이 전화를 끊었다. 김두만이 손에 쥔 휴대폰을 내려다보며 재미있는 농담을 들은 듯 활짝 웃었다.

"다들 기다리고 있어요. 칵테일 만들어드릴게요."

모자를 벗은 최성욱이 김두만 옆에 섰다.

귤색으로 변한 바다를 보고 있으려니 바다 냄새가 코끝을 간질였다. 김두만이 바다를 바라보며 말했다.
"나 취직했어."
"축하드려요."
"내일부턴 바빠질 테니 바다 좀 보고 가자고."
왠지 모를 따뜻함에 김두만의 마음이 차분해졌다. 흘러 흘러 여기까지 왔는데 다시 흘러 흘러 어디까지 갈까. 이곳처럼 심심한 곳은 아니겠지. 그의 입가에 희미한 미소가 떠올랐다.